U0081190
之間存在
情嗎？
不，不存在！
Flag 4.
不過，
我們是摯友
對吧？
下
七菜なな
插畫／Parum
Kadokawa Fantastic Novels

Prologue 2 致那些春天遺留下來的花

♠ ♠ ♠

不會枯萎的花沒有價值，看不到終點的初戀只不過是地獄而已。

追求理想是很美好。

然而理想終究只是虛幻。虛幻既摸不著也碰不到。如果能夠觸及，代表那個打從一開始就不是「理想」。

看著「她」，我——真木島慎司一邊思考這件事。

去海邊玩回來的那一晚。

一行人去吃完美超人請客的燒肉，並送小夏與日葵回家之後，我家的客廳被化身惡質醉鬼的成人組給占據。

「說穿了！就是因為你們都這麼固執，事情才會變得這麼麻煩吧！也該坦率一點了好嗎！」

不爽地將啤酒杯放到桌子上的人，是小夏的姊姊咲良姊。看來之前聽說她不太會喝酒確實沒錯，只見她現在一張臉已經紅得像煮熟的章魚。

在咲良姊手指的前方——紅葉姊與雲雀哥一副不理不睬的樣子逕自喝酒。

「咲良，妳喝醉了吧？從剛才開始就聽不懂妳在說什麼，是不是擅自美化記憶了？」

「就是說啊～咲良，妳從以前就很囉唆，但是最近特別像老太婆呢～☆」

……以前明明就是小團體裡可靠的領袖，現在卻被當成礙事的老人對待。雖然小夏表示「咲姊還得幫忙家裡經營便利商店所以沒有結婚」，但是我看恐怕單純是個性問題吧？

發現那個咲良姊一副要鬧事的樣子，我連忙上前阻止。

「我來矯正一下你們這個該死的本性吧！」

「在別人家裡大吵大鬧的妳才應該矯正好嗎！」

為什麼這個女人都長大成人了，還有辦法在別人家裡亂扔啤酒杯啊？真是夠了，她的道德觀有問題吧！

可惡，全都是笨蛋大哥害的。自己提議說要提供飲酒作樂的場地，結果卻嫌麻煩不來照顧這幾個醉鬼就逃走了。去買個菸到底是要花上幾小時啊？害我被老媽逼得來應付這些客人。

「你們兩個也不要再煽動咲良姊了，快來幫忙啊！」

完美超人跟紅葉姊都在悠悠哉哉地喝酒。

「沒事的。我看也差不多了。」

「今天可是在大夜班下班後就跑去海邊玩喔～應該已經累到極點了吧～☆」

兩人看著彼此說聲：「對吧？」、「是啊～」……喂，不要在我面前放閃。想被趕出去嗎？

「嗯？」

結果咲良姊突然停下動作。

才在想不知道怎麼了，就發現她一點一點陷進沙發。感覺就像貓一樣蜷曲身體……然後聽見她發出細微的鼾聲。

「……這個女人是來我們家睡覺的嗎？既然這麼累，早點回家不就得了。」

「畢竟紅葉明天就要回東京了。別看她這樣，還是很珍惜與朋友相處的時間。」

完美超人「嘿咻」一聲站起身來。他扶起咲良姊之後，一副熟門熟路的感覺走出客房。

「慎司。借用一下起居室的床墊喔。」

「嗯。那本來就是給客人用的，請自便吧。老媽已經睡了，不用經過她的同意也沒關係。」

於是完美超人便走出去了。

……咲良姊。她以前來家裡玩的時候，我還覺得她是個「成熟的大姊姊」，但是這副模樣一點也不優雅。換句話說，只是單純具備美人這個武器也沒用吧。

客廳陷入一片寂靜。

掛在牆上那個從我出生時就有的老舊時鐘，指針滴滴答答地響著。紅葉姊一臉笑咪咪的樣子，又喝光一瓶紅酒。

「慎司～酒喝完了耶～」

「家裡只剩老爸的燒酒了。」

「這樣啊～那我去附近的便利商店買好了～♪」

「啊，等等……」

總不能讓喝醉的女人一個人出去買東西，我連忙追了上去。

這附近因為路燈很少，一到夜晚就會變得很暗。我一邊因為潮濕的晚風感到厭煩，一邊朝身旁的紅葉姊看去。

……那個時候，我還要抬頭仰望這個人。

但是現在的我已經可以俯視她了。這時不經意看到毫無防備地暴露在外的乳溝，讓我連忙移開視線。

「啊～☆慎司，你剛才看了我的胸部吧～？」

「我沒有。妳也太自以為是了吧？」

「呵呵呵。沒想到你還滿清純的耶～？」

「我沒有跟胸部那麼大的女人交往過，覺得很少見才會瞄一下而已。」

紅葉姊輕聲笑個不停……早知如此就讓她自己一個人去便利商店了。跟這個女人獨處總會讓我覺得很不自在。

「紅葉姊。妳明天真的要協助小凜執行那個計畫嗎？」

明天小凜就要展開那場獎勵之旅。

按照計畫，紅葉姊明天一早會回東京。屆時將會把完全沒有戒心的小夏一起帶去。

「你為什麼要這麼問呢～？」

「沒什麼，因為紅葉姊竟然這麼坦率地答應要協助她，讓我覺得很可疑而已。」

「好過分～！照你這樣講，我豈不是個沒血沒淚的傢伙嗎～」

「妳不用擺出那種沒必要的姿勢。我不像小夏，不是會一一吐槽的類型。」

紅葉姊感覺很無趣地嘛起嘴巴。

接著揚起一抹惡作劇的笑容，面向我踮起腳尖。像是在表明什麼祕密一般在我耳邊低語：

「我想讓悠悠跟我贊助的創作者見個面喔～☆」

「……唔！」

意料之外的發言讓我不禁反問：

「……妳怎麼會想這麼做？」

「我當然沒有協助悠悠的意思喔～因為啊，我討厭他嘛～☆」

「…………」

這到底是什麼意思？

不，其實我明白。從紅葉姊跟雲雀哥過往的心結來看，她想必無法諒解小夏那樣天真的傢伙吧。她會告訴我這件事，肯定是在警告我「不要多管閒事」。

「這也是為了得到日葵的計畫之一喔～我想動搖一下悠悠的夢想～☆」

「算了，反正到東京之後，要怎麼做都是紅葉姊的自由。我的任務只有到擬定把小夏帶去東京的計畫而已。之後就隨妳高興。」

話雖如此，我還是必須補上一句：

「但是這下子小凜不是很可憐嗎？」

「為什麼～？」

「她那麼滿心期待跟小夏去旅行，卻被人潑冷水的感覺應該很糟吧。」

「咦～？你不覺得現在這個狀況凜音才比較可憐嗎～？」

「…………」

見我無法否定這點，紅葉姊把腳伸過來打算踩我的涼鞋。我趕緊閃開，差點就要跌倒了。她於是不滿地鼓起臉頰。不，這不是我的錯吧。

紅葉姊聳了聳肩，再次朝著便利商店走去。在沒幾盞路燈的這條巷子裡，店面的燈火看起來格外明亮。

「現在那兩個人的關係算什麼摯友啊～？」

「我不知道。說真的，我完全不懂那兩個人究竟是站在什麼立場說是摯友。」

「對吧～？我覺得現在的凜音跟悠悠，只不過是為了有個待在一起的藉口，亂用摯友這個詞吧～？」

「即使如此也沒什麼不好吧。要是不這麼做，那兩個人在這種狀況很難繼續維持關係。」

紅葉姊停下腳步。

她無意間仰望夜空。夏季大三角連接起三個星座。

「那只會覺得煎熬而已。」

紅葉姊有些寂寥地說道：

「既然是無法實現的初戀，就得讓它好好結束才行。」

「…………」

那雙眼睛好似看著夜空中的星座，但卻完全不是這麼一回事。

她究竟在想什麼呢？我無從得知。然而我確實對她這句話產生共鳴。

看不到終點的初戀，只不過是地獄而已。

正因為我們都明白這一點，看著想得到一切的小凜才會感到格外焦躁……但也覺得憐惜。

紅葉姊轉過頭來，那張臉已經換上一如往常的刻意笑容。她拍了一下手，用甜膩的語氣朝我貼了過來。

「話說～我沒帶錢包出來耶～☆」

「啥……！妳這傢伙，該不會是要『勒索』高中生吧！」

「慎司～我今晚想喝個爛醉呢～」

「少囉嗦！回去拿錢包啦！」

「呵呵呵。你請客的話，今晚要大姊姊陪你睡也可以喔～」

「不需要！妳這個醉鬼！」

……結果，她拿了裝滿購物籃的酒跟下酒菜，直到花光我錢包裡的錢為止。我絕對不是受到什麼陪睡的無聊廢話所迷惑。

我不知道初戀的終點會是什麼地方。

但是我至少可以斷言，絕對不是能用摯友這種謊言蒙混過去的關係。

就算是醜陋的真實想法，只要用甜美的砂糖包裝起來，是不是就能堅稱為理想呢？

然而，那只是從站在陳列各式蛋糕的展示櫃外頭看過去，才會覺得美麗。實際上還是要帶回家，用叉子送進嘴裡。如此一來便再也無法蒙騙過去。

因為蛋糕的本質終究不是美麗的外觀，而是滋味。

「究極美」

大家好！

我是大家都認可的世界級美少女，犬塚日葵喔！

我既是悠宇的命運共同體（共犯），也是他最愛的女朋友，更是只有今年暑假限定的榎榎家蛋糕點招牌女店員，可說是超級忙碌的美少女☆

今天就來向大家介紹一下我一天的作息吧！

①　起床！

比太陽公公露臉還要早起，然後敞開窗戶吸進一大口戶外的空氣。帶著朝露的大自然香氣真的很棒呢。雖然現在正值暑假，我還是會確實維持生活步調。美麗就從規律的生活開始！

②　慢跑！

放暑假的時候，我會跟爺爺一起去晨跑喔。今年暑假發生了很多事，所以沒能一起去晨跑幾

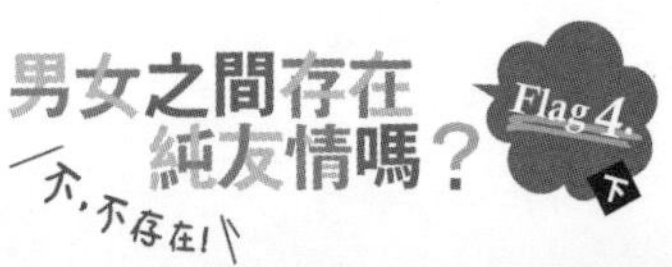

次，但是至少假期最後一星期要好好珍惜跟爺爺相處的時間。而且身為悠宇的伴侶，維持體態也是理所當然的事。

③　沖過澡之後吃早餐！

菜色是媽媽準備的吐司跟荷包蛋。還有用種在後院那片家庭菜園的蔬菜做成的沙拉。自然蔬菜的味道會讓人覺得很開心呢。

④　準備去打工！

搭媽媽的車，先到學校一趟。為什麼放暑假還要去學校呢？當然是為了在悠宇不在的時候照料一下花壇嘍。夏天的花都做成飾品了，所以現在沒有種任何東西，但要是出問題就麻煩了。

嗯呵呵～真是賢慧……我都要迷上自己了～♪

這些事情全都做完之後，就要迎來這個暑假的最大使命……前往榎榎家的蛋糕店！

看起來就像是傳說故事裡松鼠的家一樣，充滿童話氛圍的建築物。真不愧是榎榎媽媽，真有品味——等到未來我們擁有自己的店面之後，找她商量一下裝潢好了♪

從後門進去之後，前往更衣室。確實把雙手洗乾淨，然後換上整潔的制服。聽說榎榎媽媽每天都會清洗這套制服喔♪

很好～！今天也要靠著我非常非常可愛的魅力，賣出一大堆蛋糕喔～☆

「早安～！」

「哎呀。日葵，早安。」

我跟榎榎媽媽，以及打工的阿姨打招呼。她們都是一大早就在這裡做點心了。直到開店之前，我也會幫忙準備蛋糕喔。

這就趕緊將做好的蛋糕端去櫃檯的展示櫃。按照榎榎媽媽教導的順序整齊排放之後，再加上ＰＯＰ標語。把本日推薦的麝香葡萄塔擺在最顯目的地方……

嗯～這股剛出爐的奶油香氣真是讓人受不了！

排完商品之後，緊接著去拿下一款蛋糕。這時順便踹了一腳綁起來扔在櫃檯角落的真木島同學，他便發出很有精神的聲音。

「嗯————！嗯————！」

哎呀。明明從一大早就抓起來扔在這裡，還真有精神啊～♪而且根本聽不懂他在說什麼，真教人不爽呢♪我這就把他嘴裡咬著的布拿掉！

「……噗哈！這、這是怎麼回事？為什麼我一醒來就突然出現在小凜家的店裡啊！」

「咦～你還不是趁著悠宇在睡覺的時候把他綁走。」

「冷靜點！而且那並不是我，是紅葉姊幹的好事吧！不要把任何事情都解讀成像是我提議的

好嗎！」

明明是個罪犯，態度還真是囂張啊～看來得先讓他了解自己現在處於什麼立場呢☆

「那就先用網球拍打屁股……」

「我叫妳冷靜點！而且妳是怎麼把我從家裡帶出來的！」

「因為真木島同學的哥哥說，只要我穿著親手做的角色扮演服裝讓他拍一次，就願意幫我把你搬來喔～」

「那個該死的蘿莉控住持……」

聽到這句不能聽過就算了的話，我猛力踹了一下他的屁股。

「嗯呵呵～聽你這樣說，好像在暗指我是幼兒體型喔～？」

「哈！妳難道不覺得跟小凜站在一起，就算被人這樣說也無可厚非嗎？」

「那只是因為榎榎太超乎常規，我這是平均身材～小心我宰了你喔～♡」

我一腳又一腳地不斷踹他的屁股。就這樣踹到讓他長痔瘡好了～♪

……當我玩得正開心的時候，榎榎媽媽從廚房探出頭來。她的雙手在面前合十，可愛地對著真木島同學道歉。

「抱歉喔，慎司～是我不小心說溜嘴了～……」

「咕！原來是這麼回事……」

既然掌握現況了，那就繼續談下去吧。我用手拍打著放好蛋糕而清空的托盤加以威嚇。

「所以說呢？你還是從實招來吧？」

「要、要我說什麼？」

「嗯呵呵～事到如今就別再裝傻了～榎榎也跟著悠宇去東京吧？她的目的是什麼？」

「……我、我要行使緘默權。」

嗯，也是啦。我不覺得他會這麼容易就從實招來。正因為如此，我才會刻意留了一個晚上的時間。

我靜靜地從懷裡拿出一張照片。在看到的瞬間——真木島同學猛然睜大雙眼！

「那、那是……！」

「嗯呵呵～不愧是真木島同學，你看得出來吧～？」

我一邊吊他胃口，一邊捏著從家裡拿來的照片到他面前晃來晃去。真木島同學的視線緊緊跟著照片跑。

……行得通。

我懷著這番確信，將照片藏到背後。

「如果真木島同學願意坦率一點點，我就會送你這張紅葉姊高中時的拍立得照片喔～」

「咕咕咕……！」

噗呵呵。

這是我從哥哥房間裡的相簿借來的，紅葉姊在運動會上的珍藏拍立得。既然是在成為模特兒之前的學生時代穿著運動服的身影……要是拿到市場上販賣，想必價值不菲吧。

而且這正是真木島同學迷戀紅葉姊的那個時期。普通男人不可能抗拒得了這東西的魅力。

真木島同學緊咬著嘴唇，沉吟似的說道：

「……啊哈哈。沒想到被妳小看到這種程度。」

「咦……？」

難道這張拍立得對他沒有效？

就在我緊張地嚥下口水的瞬間，真木島同學用力睜大雙眼！

「妳如果想知道整件事的真相，就給我準備五張拍立得！」

「啊？什……你也太趁人之危了吧！」

「啊哈哈。不好意思喔，這整件事視發展而定，我也可能會無法全身而退。不多要一點回報我可不會隨便洩漏。」

「咕……話雖如此，我也只有三張……啊！」

不小心說溜嘴的瞬間，真木島同學得意洋洋地說聲：「COME ON.」

「真木島同學，你竟敢算計我——！」

「啊哈哈。真是個粗心的女人。來吧，妳要是擔心小夏，就乖乖把三張都交出來。」

「咕唔唔……！」

這傢伙竟然逼著我把手中的牌全部交出來！

真木島同學催促我：「拿來啊拿來啊。」拚命忍下感覺快要爆發的怒火，我握緊手中的三張拍立得！

「好啦——全都拿去啦，可惡的小偷！」

「謝謝惠顧啦！」

交涉成立。

追加了兩張拍立得，並交到真木島同學的手中。解開繩子之後，他立刻確認戰利品。

（……噗哈哈。騙你的啦～♪）

我裝作一副懊悔的樣子，若無其事地偷笑。

下個瞬間，真木島同學一如我的預測發出哀號。

「日葵，妳給我等一下！這張拍立得連沒必要的東西都拍進去了好嗎！」

「噗哈——！畢竟那是哥哥他們拍的照片啊。當然也會拍到幾個男生嘛～！」

「開什麼玩笑！妳這是詐欺吧！」

「咦～？這話也說得太難聽了吧～那的確是有拍到紅葉姊的拍立得照片啊。」

這次輪到我催促他：「好了啦好了啦。」

「哎呀哎呀～真木島同學。中元節假期剛過，我們兩個在咖啡廳見面時，一臉正經的樣子說『我是輕浮但我不會說謊（得意）』的人究竟是誰呢～？」

「妳這女人……我為什麼要可悲到非得收藏那個完美超人跟大哥的照片啊……」

「因為真的沒有單獨照啊～」

大概是藏在某個地方，或是燒掉了吧。

無論如何，我沒辦法再搜索下去了。而且要是被哥哥發現，絕對會真的惹惱他。這種程度對我來說也已經是賭上性命的交易。

榎榎媽媽從門後面探出頭來，有點緊張地說些「我女兒的照片居然被人拿來交涉……」但我沒有放在心上，繼續說了下去。

真木島同學還是小心翼翼地將拍立得收進懷裡。

「這趟旅行是小凜的獎勵之旅。日葵也一直受到她的照顧，這一次妳就乖乖待在這裡吧。」

「但是讓他們兩人獨處也太危險了吧！誰知道榎榎什麼時候會對悠宇伸出魔爪……」

「……妳好意思把自己做過的事撇在一邊，在這裡大放厥詞耶，真令人佩服。」

少囉嗦——！

我的事就算了！不要扯開話題！

真木島同學「哼！」笑了一聲，伸手拿起架子上的麵包餅乾。接著一屁股坐在內用區的椅子上，自顧自地吃起酥脆的麵包餅乾。

「是啦。小夏雖然專情，但也無法否認有著容易隨波逐流的意外一面。一般來說確實有可能出現那樣的發展……」

他舔了一下手指，不知為何一臉厭煩地斷言：

「應該沒問題吧。因為『小凜沒辦法做壞事』。」

「…………？」

這是什麼意思？

見我費解地偏著頭，真木島同學只是聳了聳肩。

「就是字面上的意思。小凜的個性不像妳，沒辦法做出那些耍小聰明的事。與其說是與生俱來的性格，更像是在成長過程中培養出來的……」

「總覺得你這個說法帶有惡意耶。」

「既然會這麼想，不就是妳心中懷有罪惡感的意思嗎？」

「……你這傢伙難道就不能跟人進行普通的對話嗎？」

「啊哈哈哈。」真木島同學快活地笑了。順便又補上一句「面對日葵以外的女生，我都是很認真的喔」這樣多餘的廢話。

「話說回來，妳才應該稍微冷靜一下吧？以這個現況來說，小夏已經屬於日葵了。即使如此妳還這麼自亂陣腳，會讓人摸透你們之間的關係。」

「唔咕……！」

直截了當的正論狠狠把我打趴。

在我陷入沉默的瞬間，真木島同學露出惹人厭的笑容。

「妳要是相信自己跟小夏之間的羈絆，只要擺出放馬過來的態度就好了。而且妳也無法相信那麼犧牲奉獻的小凜嗎？」

「唔、唔唔……！」

我完全說不贏他，只能當場屈膝跪地。

……就、就是說啊。悠宇有時雖然不太可靠，但到了關鍵時刻還是會明確拒絕。只是跟榎榎出去玩而已，我得笑著原諒他才行。

而且仔細想想，就算是一起去旅行，再怎麼樣也「不可能住在同一間房吧」。那樣以一個人來說也太踰矩了。

好，我決定了！就來展現一下身為正妻有多麼包容吧——！

當我「唔喔喔！」燃起鬥志時，真木島同學突然笑了。

「而且『日葵應該也沒有資格說小夏』吧？」

「啊？」

什麼意思？

真木島同學露出意有所指的笑容，看向窗外。就在我猜不透他在看什麼，跟著朝那個方向看去的瞬間……

叮鈴噹啷——蛋糕店的大門鈴鐺清脆地響起。

咦？是來送貨的嗎？

但是平常送貨的那個人都是從後門進來的。不然就是有客人上門，然而現在距離開店時間還很久。該不會是我們店裡吵吵鬧鬧的，才會誤以為已經開門了？

我立刻揚起完美的接待笑容。然後擺出招牌女店員應有的態度，禮貌地行禮迎接客人。

「歡迎光臨～♪」

對著「身穿筆挺西裝的青年」恭敬地低頭致意。

「非常抱歉，現在還沒到……開店的…………時間……」

我說到一半的話停了下來。

因為我對眼前那雙磨得晶亮的皮鞋很有印象。彷彿要印證這個臆測，頭上傳來一道爽朗的聲

音。

「嗨，日葵。妳今天也很努力打工呢！」

「……哥、哥哥？」

正是我引以為傲的雲雀哥哥。

哥哥為什麼會來這裡？難道是要買蛋糕嗎？

不，上班之前先來買蛋糕也太莫名其妙了。莫非是來探班的吧？哎呀～真不愧是哥哥！好會替妹妹著想……

（……算了，別再裝成一無所知的青澀少女了。）

我明知只有一個原因。而且還覺得自己的預感肯定成真。因為從剛才開始，我的危機探測雷達就瘋狂產生反應。冷汗流個不停，背部的感覺好不舒服……

「哈哈哈。嚇到妳了吧。在去上班之前，我有件事想跟日葵確認一下。」

「是、是喔～原來如此～嚇我一跳呢……」

一邊進行著和平的對話，我試著緩緩抬起頭來。

只見哥哥冷酷的雙眼俯視著我。

啊，是殺氣。

在我察覺到的同時，身體也立刻動了起來。我以超出體能極限的速度一個轉身，打開通往廚房的門——咦，打不開！

無論我再怎麼使勁扭動門把，還是沒有任何反應。

「為、為什麼？直到剛才還能……啊啊！」

只見真木島同學在門的另一頭對著我揮手。他用嘴型跟我說句「那就再會啦」之後，立刻就從後門出去了。

「那、那個賤人……唔！」

在我忍不住說出難聽話語的瞬間，從背後伸過來的手掌摀住我的嘴巴。哥哥在我耳邊溫柔地說道：

「日葵。女孩子說話不可以這麼難聽喔。」

「是、是的……」

哥哥的手好冰啊……

我渾身顫抖轉身一看，哥哥依然是一副面無表情的樣子，以極為溫柔的語氣問道：

「今天早上。妳從我的書房裡拿走了什麼東西呢？」

「…………………………………………………………………………………………」

……………………………………………………………………對不起。」

哥哥當然沒有原諒我。

人在廚房的榎榎媽媽一邊聽著我的哀號，莞爾地說聲：「今天早上也很熱鬧呢。」但這也是後來才聽說的事☆

大家好！我是夏目悠宇！

平常一邊念高中，同時也以花卉飾品的創作者為目標努力奮鬥中。最近跟一直以來都是摯友的日葵展開交往，過著一帆風順的高中生活。

現在是暑假的最後一個星期。

我與既是同學也是摯友的榎本同學一起來到東京。雖然這個暑假有很多事情都超乎我的預料（說穿了是從綁架開始的……），但我還是很享受這趟開心的旅行。

而且對我來說十分重要的活動也將從今天開始。

沒想到能在榎本同學的姊姊紅葉學姊的引介之下，跟其他飾品創作者見面。雖然不知道對方是怎樣的人，但想必會是一場很棒的邂逅。因為沒有創作者會是壞人嘛！

如果能以這次為契機，得到進一步的成長就好了！

好耶～！我感覺熱血沸騰——！

——我以如此的高昂興致迎接來到東京的第三天早晨。

今天依然燦爛耀眼的陽光，灑落在行政套房裡。可說是很適合夏日旅行的絕佳好天氣。

我看著貼在臥室門前的紙條，頓時覺得無所適從。

「叛徒禁止進入」

一股平靜的憤怒氣息從門後傳來。

那當然是出自榎本同學的情緒。昨天晚上跟紅葉學姊吃完飯，一回到飯店她便在門上貼了這張紙條，就一直窩在裡面不肯出來。

……她應該……醒了吧？剛才就能聽到窸窸窣窣的聲音。

我稍微深呼吸，敲了敲房門。

「榎本同學？妳醒了嗎？」

「…………」

沒有回應。

這讓我的肚子痛了起來。

……這應該是在生氣吧？

我還是第一次遇到榎本同學做出這樣的反應，所以不太確定。倒不如像平常那樣直接對我使出鐵爪功還比較好懂，我也不用苦惱了……

不，我當然知道原因是什麼。大概是因為我無視榎本同學的阻止，答應了紅葉學姊的邀約。昨天雖然沒有看得很清楚，但是榎本同學應該沒什麼興趣。

（但是有必要這麼生氣嗎……？）

說穿了，我又不是打從一開始就答應要來這趟旅行。

突然被帶到東京，就算跟我說「一起旅行吧」，我也很傷腦筋啊。我知道她不喜歡紅葉學姊，但是對我來說飾品比較重要。

（雖然我也玩得很開心沒錯啦！）

嗯～好煩啊……！

這個時候如果可以找日葵商量……不，不可能。要是做了這種事，就會被她發現我跟榎本同學一起來東京。要是現在聯絡她，回家之後事情會變得比現在更麻煩。為什麼我就連到了東京，還要面對這種有如在家裡分居的狀況啊……

我只剩下兩條路可以走。

其一，把榎本同學留在飯店自己去。也能說是把問題留到之後再解決。狀況可能會惡化。

其二，現在想盡辦法討榎本同學的歡心。然而極為困難。

根據這幾個月累積的經驗看來，我很清楚要是不選擇其二的做法，事情會變得很不得了。我真的只在奇怪的地方有所成長耶！

「榎本同學。早餐差不多要送來了，妳可以出來嗎？」

「…………」

理所當然沒有回應。

我也不覺得這點小事就能引起她的興趣。於是我盡全力思考。嗯——如果要讓榎本同學原諒我，並從房裡出來的話……不，我真的不知道該怎麼做。換作是日葵，明明只要搬出雲雀哥的名字馬上就能搞定了……

等等喔。

總之得讓她願意跟我對話，不然說什麼都是空談。但是如果只是要讓她從房間出來，除了得到她的原諒，應該還有其他方法才是吧？

天岩戶的傳說。

放眼日本，據說有幾個地方都是這個傳說的故事舞台，我家那邊也是其中一處。

簡單來講就是「因為某件事，掌管太陽的天照大神隱身於岩戶之內。為了拯救陷入黑暗之中的世界，諸神用盡各種辦法引誘祂出來」這樣的神話。

只就結果來說，堂堂正正勸說祂出來是沒用的，當大家在外頭辦起宴會，陣陣歡笑聲吸引了天照大神的注意，祂就自己出來了。

如果把這個傳說套在現狀來看的話……

「啊、呃～對了～今天跟其他創作者見面之後，回程時我們去吃好吃的鬆餅吧～既然是東京的店，想必超好吃的吧～我覺得榎本同學也會喜歡喔～」

……這樣的語氣會不會太平了？

不，這點還在容許範圍內吧。問題不在於我的演技精湛與否，而是內容。聽到我剛才說的話，想必榎本同學的嘴裡也已經是鬆餅的心情了！

正當我緊張地等待她的反應時，眼前的房門打開了。

「榎、榎本同學！妳果然出來了……嗯嗯？」

在我發出歡呼的瞬間──門的另一邊，投來緊盯著我的不悅視線。咦？總覺得跟想像中的發展不太一樣……

榎本同學看著我低聲說道：

「小悠，你是不是覺得我只是個貪吃鬼……？」

「我沒這麼想！非常抱歉！」

其實我就是這麼想的。真的很對不起。

我當場下跪磕頭，她只是冷淡地對我拋出一句：

「重來。」

「是……」

門再次關上。

我在感覺起來比昨天更加寬敞的客廳裡，忍不住哭了。竟然要重來……

……然而不管怎麼說，她姑且是出來了。用獎勵作戰這個做法吸引她應該沒錯。如此一來，只要把獎勵鎖定在她更想要的東西就好。

「有沒有誰……誰來給我一點建議……」

可是對方不但要能在這方面給予建議……還要是個了解榎本同學的個性，而且不會被日葵發現我們一起來東京的人。

怎麼會有這麼剛好的人才……不，有。確實是有。

我的腦中浮現一個拿著扇子放聲大笑的輕浮男。

但是真的好嗎？要是欠那傢伙人情，往後……不對，我又沒辦法跟他取得聯絡。我的手機在暑假期間被咲姊沒收了。而且我也記不得真木島的手機號碼。

正當我「嗯——」沉吟之時，客房裡的電話突然響了。接起來之後，飯店的櫃檯人員向我打聲招呼：

『榎本小姐打外線電話找您。』

「啊，謝謝……」

正當我冒出不祥的預感時，紅葉學姊一開口就說：

『早安安～☆如果想知道慎司的手機號碼，要不要我告訴你呀～？』

「所以說，妳為什麼會對我的思考這麼瞭若指掌啊！」

她該不會放了竊聽器吧！

這個狀況應該已經不是用一句我的個性太好懂就能說明的……當我翻找著自己的包包時，紅葉學姊愉悅地說下去：

『呵呵呵。凜音真是的，從以前到現在都沒變呢～』

「咦？什麼沒變？」

『只要一遇到不開心的事，就會像這樣窩在房間裡不出來啊～她小時候就常這樣，讓媽媽很傷腦筋呢～』

「是、是喔。總覺得很意外……」

榎本同學給人很獨立的印象，所以這種孩子氣的往事讓我覺得很新鮮。雖然我也覺得這好像是不能知道的事，不過還是有點開心。

「那麼這種時候該怎麼辦才好呢？」

『咦～竟然是問我嗎～？』

「我知道這樣算是違規。但是再這樣下去，接下來真的會變成各自行動……」

『真拿你沒轍耶～那麼我就傳授心愛妹妹的摯友一招祕技吧～』

祕技……

聽到這個帶著中二感的名詞，讓我的身體下意識向前傾。從美人大姊姊口中聽見這種孩子氣的說法，能讓男生感受到浪漫呢。

『首先呢～你先按下電話擴音鍵～』

「擴音？……好的。我按了。」

結果紅葉學姊用特別響亮的聲音大喊：

『凜音國中時的三圍是～～～～！』

「……姊姊——————※」

臥室房門隨著「砰！」的一聲打開！

榎本同學快步跑來，然後就用驚人的氣勢將客房電話的話筒掛掉。這一切真的是發生在轉瞬之間的事。

在恢復寂靜的客廳裡，榎本同學「呼——呼——」不斷喘氣。她滿臉通紅地狠狠瞪了我一眼之後，便猛然伸出手。

（不妙！她要使出鐵爪功了嗎！）

我連忙舉起雙手護住自己的頭頂。

然而無論過了多久，都沒被她抓住頭。當我畏畏縮縮地睜開雙眼時，沙發的抱枕直直砸在我毫無防備的臉上。

「討厭～～～～～～～～～～！」

「哇啊，等……噗呼！」

「討厭～～討厭～～討厭～～～～～～～！」

「榎、榎本同學？等一下……噗哈！」

遭到抱枕接連不斷的攻擊，我不禁跌坐在地。然而抱枕的鬆軟攻擊還是沒有停止！

「你為什麼不理我，跑去跟姊姊開開心心地聊天啊！」

「不不不！剛才的對話哪裡開心了？」

「感覺就很開心啊！小悠每次都這樣！就算是輪到我的時候，也都一直跟小葵玩！」

「輪到榎本同學是什麼意思！」

什麼時候變成輪流制了？沒有人跟我說過有這種規則啊？

在我遭受完無數次的抱枕攻擊，榎本同學氣喘吁吁地停下動作。然後她淚眼汪汪地「嗚嗚～！」進行威嚇之後（因為太可愛完全是反效果喔榎本同學！），賭氣似的撇過了頭。

「我最討厭小悠了。你走開。」

「…………」

咦……我到底該如何反應才好……

這個人是榎本同學吧？不，怎麼看都是榎本同學，不可能是別人吧。但是……該怎麼說，總覺得從來沒看過她這樣的舉動，讓我無法專注於她在生我的氣這件事……

怎、怎麼辦？面對榎本同學像這樣做出宛如年紀小我很多的妹妹才會做的事，我究竟要怎麼安撫她才好？我自己就是老么，所以真的不知道該怎麼辦。

總之她好像只要看到我就會不爽。說得也是。就連這個飯店房間也是榎本同學拜託紅葉學姊訂的。我一副理所當然的模樣待在這裡也不好。

連忙整理自己的東西之後，我拖著登機箱轉身面對她。

「那、那我走了。真的很抱歉。」

啊啊，再會了，行政套房……

人生第一次，而且應該也是最後一次入住的行政套房。原本心想反正還有幾天，所以完全沒有享用到房裡的咖啡。雖然我不會彈鋼琴，但是也想彈彈看那個擺在角落的平台鋼琴。

我的東京之旅到此為止啦。話說一介高中生找得到地方住嗎？該不會真的橫死街頭……？

正當我心裡想著這些獨白，伸手握住門把的瞬間，背後突然遭到抱枕的連續攻擊！

「討厭～～～～～～！」

「呀啊！好痛、好……是沒有那麼痛啦！榎本同學到底怎麼了？」

隨著她使勁往後拉，我再次回到客廳。先在沙發上面對面坐下，榎本同學就朝著我大喊：

「我又不是那個意思！」

「那不然是什麼意思！」

有點惱火的我忍不住回了一句。

因為我是真的覺得莫名其妙。才想說她甚至不想跟我講話，然後又突然要我滾，現在卻說不是那個意思！這麼一來我甚至覺得日葵還比較好懂。

「榎本同學。妳究竟有什麼不滿？」

榎本同學鼓起臉頰一副賭氣的樣子，撇開視線說道：

「……為什麼非得要去跟姊姊的創作者見面呢？」

果然是因為這件事啊……

我的確知道原因，但是總算進展到可以溝通的階段。為了不再遭受抱枕攻擊，我可得謹言慎行才行。

「難得來東京一趟，平常沒有這樣的機會啊。」

「才沒有這回事。如果想跟創作者見面，回家之後也可以跟當地的人交流吧。」

「不，我覺得東京還是不一樣。」

我只體驗過兩天東京的生活。

即使只有兩天，也足夠讓我如此確信。第一天去的澀谷，第二天去的銀座，這兩個地方到處充斥著日常生活沒有的刺激。

老家那邊根本沒有那麼多間飾品店並列的地方。

就連販售的商品應該也跟老家那邊差不多的花店，也因為位居都會區高級地段就能提高利潤，這個事實令我震驚不已。

東京不單純只是人口密集。

這裡是日本所有流行的最前線。在這個戰場活下來的創作者們，究竟有著何種戰略呢？

這絕對是在外縣市無法得到的經驗。做事總是隨心所欲的紅葉學姊，不一定會再給我一次這樣的機會。想把握的話，就只有現在。

「就算是只能讓自己稍微提升的機會，我也想去嘗試。榎本同學會生氣也是無可厚非……就算會被榎本同學討厭，我也想去做自己該做的事。」

「…………」

我知道這樣的說法很卑鄙。

即使如此，我還是不能在此妥協。我確實對紅葉學姊的挑釁感到火大，但我的直覺也是這麼告訴自己。

這裡是分歧點。

如果想超越一個月前的自己，就要深入虎穴。

見到我直直凝視著她，榎本同學鼓起臉頰移開視線。

「就算你沒辦法以創作者的工作餬口，來我家的蛋糕店工作不就得了……」

「不，問題不是出在這裡……」

「如果小悠不想從事其他工作，那我會去工作。」

「那是什麼狀況啊？我絕對不要好嗎！」

那樣就不叫創作者，只是小白臉吧！

雲雀哥也是這種感覺，為什麼這些人這麼想養我啊？我看起來就這麼不想工作嗎……？

「榎本同學，拜託妳！」

「不理。」

……她剛才自己說了「不理」吧？

不，這種事怎樣都好。難得有這次機會，我可不能白白浪費。我雙手合十，對她擺出「拜託

妳了」的動作。

「要我做什麼都可以！」

榎本同學抖了一下有所反應。

「什麼都可以？」

「在、在摯友的範圍內……」

她的視線直直盯著畏縮的我……正當我以為這招行不通之時，榎本同學的雙眼突然發亮。

「那你一邊摸著我的頭一邊說：『凜音今天也好可愛。』」

「…………」

咕啊……！

她怎麼能夠若無其事地做出這麼不得了的要求？而且這個人不知為何還一臉得意。

「妳受到什麼影響嗎……？」

「是在小悠睡著之後，深夜連續劇裡的橋段。這裡有很多頻道可以看，真的很棒耶。」

「可惡，老家沒有的多樣化選擇！」

感覺就是日葵媽媽會喜歡的那種老套校園愛情劇。但是沒想到榎本同學會看那種電視劇……

不，等等喔。

或許榎本同學會看那種……有很多帥哥的電視劇，不過應該不是真心愛看的那種類型。

然而卻能說得這麼精準……啊！

「榎本同學。妳的目的該不會是要讓我害羞到自願放棄吧……？」

「…………」

榎本同學沉默地緊握拳頭。然後背後好像出現燃起熊熊火焰的幻覺，伴隨著強烈的決心，她開口喊道：

「只要能守住這趟獎勵之旅，要我變成惡魔也在所不惜！」

「也太認真了。」

我之前也說過，但是像這樣跟自己想做壞事的對象當面宣言還是不太好。

然而榎本同學的策略確實有著極大效果。我也因此輕易地被她限制行動。不，我也想過不要顧慮這麼多，乾脆自己去就好，但是要在沒有手機的狀態下，一個人走在東京的街上未免太困難了。不要啦，跟我一起去嘛。

榎本同學的身體朝我靠近。

「小悠。快點。」

「咕唔唔……」

我握緊拳頭。這招確實很有效果。

不過榎本同學也有計算錯誤的地方。由於這幾個月來與日葵遊走在羞恥心邊緣的互動，我對

這樣的惡作劇已經稍微有點承受力。

豁出去的我把手放在榎本同學頭上來回摸了兩下，接著按捺感覺快要抽搐的嘴角開口：

「凜、凜音。今天也好可愛。」

「…………」

呀啊——！我還順便附加個人史上最羞恥的帥氣表情！怎麼樣啊，榎本同學？這樣就滿足了嗎……咦？

榎本同學面無表情。那雙不帶任何情感的眼睛直直望著我。妳怎麼了，榎本同學？難道是身體不舒服嗎……如此心想的我搔了搔她的頭髮之後，她突然紅著一張臉，拿起抱枕朝我揮來！

「討厭～～～～～～～～～～～～～～～～～～～～～～～～！」

「這是怎樣！我明明照妳說的話去做了！」

「小悠才不會做出這種輕浮的舉動！為什麼這麼自然啊？我不想在這種地方察覺你跟小葵的感情有多好！」

「是榎本同學要我這麼做的吧！」

如此這般，我順利取得榎本同學的同意。

雖然難以釋懷，總之是我贏了！

♣
♣
♣

上午十一點。我們抵達了約好的地方——澀谷。

距離要跟創作者見面的時間，還提早了兩小時左右。話說為什麼我們這麼早抵達，起因就在於榎本同學的建議。

來到跟前天一樣的忠犬八公像前面，榎本同學得意地哼了一聲。

「首先從武裝小悠開始吧。」

「什麼意思……？」

不理會我困惑的反應，榎本同學繼續說下去：

「聽到昨天的說明你也能理解吧？接下來要見面的創作者可都是姊姊提供資助的人喔。」

「這點我有聽她提過……」

紅葉學姊為了將來自己成立一間經紀公司，聚集了一群創作者。

我知道這件事，但是不知道這有什麼好傷腦筋的。見到我陷入思索，榎本同學於是用力睜大雙眼。

「跟姊姊混在一起的人，說不定個性都很差勁……不，絕對是這樣！」

「妳也太不相信自己的親姊姊……」

然而我也確實無法否認到底……

當我覺得難以判斷之時，榎本同學熊熊地燃起鬥志。

「我得好好保護小悠才行！」

「呃，我有這麼不可靠嗎……」

啊，她一臉正經地點頭了。

可惡。回想起至今為止自己難堪的模樣就無法否定，真不甘心……

「總之就是這樣，避免小悠被人瞧不起，服裝之類的還是好好準備一下吧。」

「咦？這件衣服……不行嗎？」

我拉著自己衣服的衣襬給她看。平時居家穿著的帽T搭配牛仔褲……這樣行不通吧。

就算在老家時沒時間挑衣服，還是有點太舊了。現在可不是要去附近的便利商店。

「但是，這樣急就章沒問題嗎……」

「嗯——我也不知道。流行這種東西，如果是看到雜誌刊登才去追就太遲了……」

既然都不知道該如何是好，乾脆就這樣……不，如果被當成鄉下人而被瞧不起，沒能好好交流便本末倒置了。

兩個鄉下人「嗯——」沉思時，發現另一頭有群人忽然喧鬧了起來。

只見那裡有一對散發超美氣場的俊男美女情侶檔。

是個有如金髮偶像的爽朗型男，以及一名將頭髮蓬鬆地綁成一束的眼鏡大姊姊。該說是迫力嗎，總之氣場非比尋常。看起來年紀應該跟我們相差不多，但就某方面來說，那兩個人的感覺比較類似雲雀哥。

一群年輕人不分男女，紛紛湊過去找那對男女攀談。兩人也是很習慣的動作加以應對，更帶給我果然不是普通人的印象。

「是不是藝人啊？真不愧是東京……」

我不禁感到欽佩，這時榎本同學得意地哼了兩聲並幹勁十足地回答：

「那兩個人直到兩年前左右都還是偶像喔。」

「果然是這樣啊？」

「那個男生大概是『Tokyo☆Shinwa』的伊藤，女生則是『velvet』的早苗……應該啦。畢竟感覺都變得比較成熟了。」

「照妳這樣的說法，他們現在不是偶像了嗎？」

榎本同學以沉重的表情回答：

「發生了很多事，那兩個團體好像都解散了。」

「那還真是……」

確實聽說過是相當嚴苛的世界，但實際上看到經歷過這些事的兩人，總覺得有些淒涼。會有

這樣的感受，也是因為我無法完全置身事外……

「其他團員都換到別間經紀公司了，但是那兩個人好像還是留下來。」

「哦。榎本同學，妳好了解喔。」

我不由得感到有些欽佩，但是榎本同學露出相當厭惡的表情。

「……那兩個團體本來都是跟姊姊同一間經紀公司。」

「啊，原來如此……」

真是個天大的陷阱。既然是不想觸碰的話題，那真希望打一開始就不要提起這件事……

不過同為前偶像的情侶來到澀谷約會嗎？從小在鄉下長大的我不是很懂，但都會區是否不太在意這些事呢？

正當我想著這些無謂的事情時，榎本同學拉了拉我帽T的衣袖。只見她手裡拿著手機，雙眼閃閃發亮。

「小悠。留個紀念。」

「不，那樣會不會太失禮……？」

「沒關係。你看，其他女生也都在找他們拍照。這種機會可是很難得的喔。」

「話是沒錯……」

那個金髮男子正在和一個好像是粉絲的女孩子一起拍照。團體在兩年前就解散了，卻還是這麼受歡迎啊。好像也不是離開演藝圈的樣子，大概有單獨從事一些活動吧。最後還遞出了像是名片的東西。

天不怕地不怕的榎本同學立刻鑽進人群之中。

「榎本同學。妳還滿愛跟風的耶……」

「我覺得是小悠太無感了。既然是創作者，還是要對各方面的事物都抱持興趣比較好吧。」

咕嘩！

這番大道理彷彿貫穿我的肚子。確實沒錯，我的感受性未免太過一灘死水了吧？

「我、我知道了。我會努力……」

而且接下來也約好要跟素未謀面的創作者見面。雖然不能說出門在外不怕丟臉，但這畢竟也是一次經驗。

然而面對眼前的人牆，又該如何是好？話說回來，我本來就不擅長找不認識的人攀談。

當我這麼想的時候，榎本同學用力揮動雙手大喊：

「這邊這邊這邊！我們也想拍照～！」

「榎本同學竟然跟第一天去看職業摔角時一樣有精神！」

「小悠也一起來吧！請跟我和男朋友一起合照～！」

「為什麼我也要啊！還有不要若無其事說我是妳的男朋友！」

然而榎本同學豁出去的作戰奏效，我們與金髮美青年對上了眼。

這個瞬間，他睜大了那雙眼。先跟正在說話的女生道歉之後，便朝我們走來。

（咦？真的看到我了……？）

在我心生動搖的瞬間——他走過我的身旁。

為此感到費解之時，金髮男子站到榎本同學的眼前。一個屈身突然在榎本同學的手背留下輕輕一吻。

「妳的手非常漂亮呢。」

周遭掀起一陣喧囂。

感覺瀰漫一股難以言喻的緊張感。這也是理所當然的事。一個身為藝人的男生，突然對一名女粉絲說出這種甜言蜜語。

這到底是怎麼回事？難不成榎本同學會就此進入經紀公司……呃，為什麼會有這種想法啊？從前陣子開始就因為紅葉學姊帶來的心理陰影，完全影響了我的思考模式。

正當我如此心想時，榎本同學無情地拍掉他的手。接著雙手握在一起，一邊散發殺氣一邊折響手指。

不知為何，身後還冒出熊熊燃燒的暗黑怒火。

「小悠。你應該想再見識一次……在後樂園會館看到的背部粉碎技吧？」

「咦咦！妳不是他的粉絲嗎？」

「偶像就是不會干涉真實生活才叫希望！」

「啥啊——？榎本同學，我看妳是那種自尊心很高的麻煩阿宅吧！」

甩開我的制止後，榎本同學以完全要殺了他的模樣出招。剛才那記親吻好像讓她十分無法忍受。明明就是她自己說想去拍照的……

「搭訕男，罪該萬死！」

「哇啊！」

金髮美青年一屁股跌坐在地。而且與此同時，腦袋還被粗魯地抓住，不禁露出有點恍惚的表情「啊嗯♡」悶哼了一聲（為什麼？）。

但是下一秒就被黃金鐵爪功一把抓起，發出哀號。

「哇啊啊！好痛、好痛！妳、妳有所誤會了！我只是想說妳的手感覺很適合戴上我製作的飾品而已……」

榎本同學面帶懷疑地皺緊眉頭。

「……手？」

「沒、沒錯。我做的飾品一定很適合像妳這樣有著一雙漂亮的手的人。」

他連忙戴上帽子，並從口袋裡拿出名片。

「我正在『Origin Production』學習成為設計師。這是我的名片，請收下。」

他一面開口一面將名片交到我跟榎本同學的手上。上頭有著看似骷髏的設計，是一張風格前衛的名片。

上頭確實跟演藝經紀公司的商標一起寫著「實習設計師」。這讓我跟榎本同學面面相覷。

「「……學習成為設計師？」」

金髮美青年真不愧是前偶像，以氣場爆棚的超級爽朗笑容說道：

「直到幾年前我都在這間公司當偶像。不過現在我是以設計師的身分，在某人底下學習關於飾品的事。」

「飾品……？」

我跟榎本同學的腦中，將兩件事情連起來了。

「那麼你該不會就是紅葉學姊的……？」

「……！」

金髮美青年的表情整個亮了起來。他突然抓住我的肩膀，以超開心的模樣前後搖晃。

「這樣啊！你就是夏目同學嗎？」

「是，是的。我是夏目……」

「哎呀，你的身材比我想像中還要高呢！我沒有你那麼高，超羨慕的！」

「謝、謝謝稱讚……（？）」

雖然搞不太懂，但是他好像滿樂於跟我見面的。我也因為對方不是看起來很可怕的人而感到放心。不對，在另一層意義看來是滿可怕的……

這時有另一個人從美青年的身後探出頭來。是剛才站在他身邊的那個戴著眼鏡，感覺滿沉穩的女性。她一跟我對上眼，就對我投來完美的笑容。

「初次見面，我是同樣隸屬於Origin的早苗。站在這裡也不好說話，要不要換個地方呢？我們有預約了一間東西都很美味的餐廳喔。」

「啊，好的……」

她給人相當成熟的溫柔印象，讓我不禁有點怦然心動。

「…………💢」

「好痛！」

榎本同學偷偷捏了一下我的屁股。為什麼啦。

♣　♣　♣

兩人帶我們來到的地方，是位於距離澀谷車站很近的巷弄裡的時尚酒吧兼咖啡廳。白天是咖

啡廳，晚上好像會賣酒。

來到這種感覺很成熟的店讓我有些緊張，對著坐在我對面的青年問道：

「話說你們為什麼會提前兩個小時到呢……？」

「咦？喔喔，因為紅葉小姐告訴我們：『我看悠悠他們啊，一定會因為想做些多餘的事而提前抵達，你們就早點去攔住他們吧～☆』但是我沒想到你們真的出現了。」

「啊，原來是這樣……」

這是怎樣？東京現在流行模仿紅葉學姊講話嗎？而且無論紅葉學姊說了什麼，我感覺都不會感到驚訝了……

見到我有些洩氣，金髮美青年再次做起自我介紹：

「我是伊藤天馬(Pegasus)。比你大一歲，現在高三。請多指教嘍。」

「啊，我是夏目悠宇……Pegasus？」

我還在想會不會是偶像時期的藝名，但是伊藤先生面露苦笑搖搖頭。

「這是我的本名。很不得了的名字吧。」

那個笑容彷彿自己置身事外。

他身邊的眼鏡大姊姊補充說道：

「他之前所屬的『Tokyo☆Shinwa』是由所謂閃亮亮名字的美少年組成的團體。」

「其他人也都是像天使（Angel）、昇龍（Dragon）之類跟神話生物有所關聯的名字。我們都很喜歡自己的名字，但是這部分不是很能得到大眾的理解，導致批評聲浪比較明顯……啊，看你是要叫Pegasus還是天馬都可以喔。」

「那、那麼，要叫Pegasus先生感覺滿不習慣的，可以稱呼你為天馬先生嗎？」

「當然。早苗跟粉絲們也都是這樣叫我的，沒問題喔。」

眼鏡大姊姊拿起玻璃冷水壺，幫我倒了一杯紅色的飲料。這是一種名叫桑格利亞，有著許多色彩繽紛的水果浮在上頭的時髦飲品。感覺帶有自然的甜味，非常好喝。

那個眼鏡大姊姊也對我們遞出名片。自我介紹的部分跟天馬差不多，名片卻是印地安風格的設計。

「我是早苗美湖。原本隸屬於『velvet』這個舞蹈團體，不過現在跟他一樣在紅葉小姐底下學習製作飾品。現在是大二生，所以比你們大三歲呢。」

「請多多指教……」

這位姊姊是女大學生……光是聽到這個致命的關鍵字，我就忍不住小鹿亂撞。然而我身邊的榎本同學緊緊盯著我，所以絕對不會表現在臉上就是了！

分明是我不擅長應對的美人類型，奇妙的是我並不感到害怕。她散發出相當柔和的氛圍，說起話來感覺也很沉穩。

……只是不知為何天馬先生跟早苗小姐都以別有含意的感覺看著我。該說像是在竊笑嗎，表情看起來有如看到什麼珍禽異獸。

啊！這難不成就是榎本同學擔心的事嗎？

「呃，第一次見面的時候，果然不能穿鬆鬆垮垮的舊帽T吧……」

「啊！不是的，夏目你誤會了。我們不是那個意思。」

兩人連忙否認。

「咦？那不然是為什麼呢……？」

結果兩人面面相覷之後笑道：

「聽說你是會去找那個可怕的紅葉小姐吵架的男生，我們還以為你該不會是更加粗魯的人。而且還是九州人。但實際上感覺滿老實的，我們也放心了。」

「我們還在想，要是你今天突然說要用飾品一決勝負該怎麼辦。畢竟是九州人嘛。但你看起來挺知性的，真是太好了。」

對九州男子的偏見也太誇張了……！

（不過看他們的感覺都滿好的，我也放心了……）

兩人都很親切地主動跟我們攀談。來到這裡之前還那麼緊張，感覺就像笨蛋一樣。

……問題在於身邊的榎本同學。

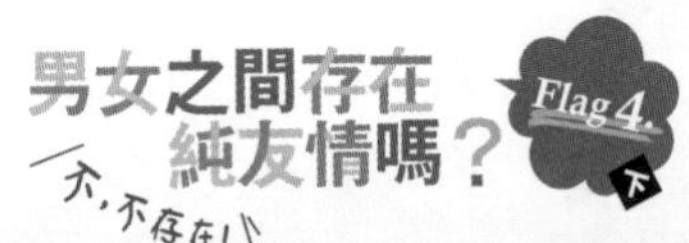

她從剛才開始就是一副極度警戒的模樣，一直對兩人投以威嚇的視線。到底為什麼會氣成這樣……咦？榎本同學平常是這種感覺嗎？來到東京之後，榎本同學給我的印象就一直變個不停，我已經搞不懂了……

我悄悄對榎本同學耳語：

「榎本同學。不用這麼警戒也沒關係……」

但是榎本同學的態度十分冷淡。

「竟然想突然親吻異性，未免太莫名其妙。」

不，榎本同學沒資格這樣說吧？

前幾天還說什麼摯友之吻、夏天的回憶什麼的，一直苦苦相逼吧？

「總而言之，小悠要更有警覺心一點。而且也不知道他們什麼時候會設下陷阱。」

「說什麼陷阱……」

我覺得榎本同學絕對只是受到對紅葉學姊的反抗心理影響的關係。

在我莫名覺得無法接受之時，天馬先生露出親切的笑容拉起我的手。他不管我嚇了一跳的反應，逕自用手掌摸我的手背。

「真不愧是紅葉小姐介紹的創作者。呵呵。你的手很美喔……」

「那個，等等？天馬先生……？」

「叫我『天馬先生』也太生疏了。別顧慮那麼多，把我當成同學相處就行了。呵呵……」

「呃，喔……那我就叫你天馬……」

摸摸摸……

在我們對話的這段期間，他從我的手背摸到掌心。甚至把自己的手指滑進我的手指之間。動作輕柔，卻又摸個不停。這很明顯超出男性之間應有的交流……不對，因為雲雀哥的關係，害我不知道這樣究竟算不算超出界線！

總之天馬的眼神已經澈底失去理智。在我完全僵住的時候——他突然親吻我的手背！

「真是太棒了。手指修長，還很結實。有著男子氣概的厚實感，肌膚卻很光滑。真沒想到可以遇見像你這樣的人才……」

啊，我知道了！這個人是在對我的手說話吧！

天馬發出神祕的「呵呵呵呵……」笑聲，這時早苗小姐輕推了一下他的頭。接著以感到愧疚的態度把他的手抓開。「啊啊～」天馬這才依依不捨地收手。

「對不起。他有重度的手手癖好。」

「手手癖好……」

感覺好像在哪裡聽過這種說法。

見到我跟榎本同學一臉詫異，天馬露出清爽的微笑。

「你們聽過自己的手傳來的『聲音』嗎？」

「什麼意思……？」

「就是字面上的意思啊。用心呵護的手，就能演奏出相當美麗的歌曲喔。我能從你們的手上，感覺到你們的愛。」

「…………」

榎本同學拉了拉我的袖子。從她的表情看來，明顯是想表示：「走吧？我們走吧？」

接收到這樣的訊息，我也露出微笑。

然而不是面對榎本同學，而是緊緊握住天馬的手。

「我懂。我也能感受到自己用心栽種的花傳來的意志。」

「唔！這樣啊，你也是嗎！」

「我有時候也會忍不住對著花傾訴。那些傢伙都來找我說話了，我總不能置之不理。」

「就是說吧！我也是這麼想的！因為『我們』是獨一無二的夥伴啊！」

我跟天馬簡直就像認識了十幾年的朋友，緊握彼此的手。

「紅葉小姐說得對！夏目，你真是個了不起的變態！」

「聽說天馬以前當過偶像時我也有點退縮……能見到你真是太好了！」

雖然榎本同學退避三舍，但是我顧不了這麼多。

我想細細品味這份喜悅。沒想到能在離家那麼遠……在這種地方遇見一個跟我有著同樣心境的人，簡直就是奇蹟。

我們的視線自然而然地看向早苗小姐。

她一副「真是的，年輕男生就是這樣……」的態度，吊人胃口地從包包裡拿出一個飾品收納包。裡頭擺放著一顆顆感覺可以用來製作飾品，而且色彩繽紛的天然石。

「我會隨身攜帶這些用來做飾品的石頭一個月左右。不對，隨身攜帶這個說法不太好。是一起生活，提高與我之間的同步率。如此一來就能聽見石頭的聲音，就算賣給客人之後，感覺也會過得很幸福……」

「——我懂！」

我跟天馬同時大喊。

這位女性對待飾品的態度是多麼真摯啊。我也想這樣做，但是隨身帶著花就會枯萎……

「欸，小悠。」

「啊，榎本同學。抱歉喔。」

完全被晾在一旁的榎本同學顯得語帶遲疑。

「既然知道你們這麼意氣相投，那麼交換個聯絡方式就走……」

這時天馬對著早苗小姐說道：

「對了，早苗。能不能請夏目也來參加那個呢？」

榎本同學的話好像才說到一半，我的注意力就被另一邊給吸引了。聽到天馬這麼說，早苗小姐也點了點頭。

「『那個』是指什麼呢？」

我這麼一問，早苗小姐便答道：

「這個星期六日，我們有一場飾品個展兼販售會。我們也想看看夏目的飾品，不介意的話要不要一起參加呢？」

「真的可以嗎！」

我探出身子反問之後，兩人也很乾脆地答應了。

「啊，可是等一下。我沒有帶販售用的飾品過來……」

「可以的話，能不能請你從家裡寄過來呢？我聽紅葉小姐說過，你在老家好像有一位工作上的搭檔。」

原來如此，還有這個辦法。

夏季花卉的飾品都已經製作完成，隨時可以出貨。只要打電話給日葵請她立刻寄來就好。

（星期六日啊。今天是星期三，不知道來不來得及……）

在我計算日程時，發現榎本同學一直盯著我。不妙。這麼說來我剛才沒有搭理榎本同學。

「榎、榎本同學……」

「……不理。」

啊，她又說「不理」了！

為了不讓天馬他們起疑，我低聲跟她咬耳朵。

「那個，個展……」

「絕對不行。」

「拜託啦……」

「你跟我約好只是見面吧。」

「話是沒錯，但是人家難得提出邀約……」

「這跟我又沒關係。」

「明、明天就是榎本同學的日子了啊！」

「那是打從一開始就約好的吧。」

就算我想若無其事地跟她對上眼，她也用不斷轉頭的俐落動作避開我。

（不行，別著急。明天要盡全力說服她……！）

♣
♣
♣

總之我先一個人走出咖啡廳，站在路邊打電話。

當我正因為榎本同學不願意借我手機而傷腦筋時，天馬就拿他的手機借我。真是個好人。

日葵現在應該正在榎本同學家的蛋糕店打工，所以我直接打店裡的電話。負責顧店的日葵很快接起電話。

『感謝來電～！點心之家，貓妖精您好♡』

「啊，日葵？是我……」

——嘟一聲，電話掛斷了。

感到疑惑的我又打了一次。該不會是我查錯電話號碼……不對，對方確實說了榎本同學家的蛋糕店店名吧？

這次日葵也是立刻就接起電話。

『感謝來電～！點心之家，貓妖精您好♡』

跟剛才完全一模一樣的語氣，我不禁覺得這莫非是預錄的語音。抱持不祥的預感，我用不同於剛才的說法試著溝通。

「那個，我是夏目悠宇，請問在你們那邊打工的日葵小姐……」

『我不認識你。』

「咦？」

『我完全不認識叫什麼夏目悠宇的男生。』

「呃，日葵……？」

我聽見電話那頭傳來深呼吸的吸氣聲。

接著她用冷酷的語氣對我降下死亡宣告。

『對女朋友說謊跟其他女人跑去東京旅行的劈腿男，才不是我認識的悠宇。假貨去死吧。』

——喀嚓！話筒就這麼被掛上。我不禁看著手機螢幕沉吟：

「咦咦咦……」

等一下。我跟榎本同學來東京的事完全曝光了。喂，真木島，這是怎麼回事？

我連忙試著打第三次電話。

『感謝來電～！點心之家，貓妖精您好♡』

……即使如此還是會接電話，看來我女朋友很認真在擔任招牌女店員，真令人自豪。

「那、那個，日葵小姐。這是有原因的……」

『好啊。我是個心胸寬大的女人，就聽你解釋看看吧。』

真敢說。

「妳看，像是之前紅葉學姊那件事情之類的，不是受到榎本同學很多照顧嗎？」

『這個我聽真木島同學說過了。』

「那麼妳應該也懂吧。既然她說想跟我一起去旅行，我也想稍微報答榎本同學……」

總覺得日葵露出了微笑。

接著她放聲大喊：

『誰懂啊————————————！』

說得也是。

『悠宇！你不覺得自己說的話很奇怪嗎？一般來說，有女朋友的男生本來就不能跟其他女生單獨旅行吧！』

妳說得太對了，我完全無從反駁。

就是說啊。被捲入榎本同學他們的步調之後感覺有點偏差，但是照理來說應該會有這樣的反應才對吧……但是對我說教的人是日葵，總讓我不太能接受。

「日葵想像的那些事都沒有發生！我們只是一起出來玩而已！」

『真的嗎？真的只是一起吃飯嗎？』

「真的啊。相信我吧。」

『真的只是一起去觀光而已？』

「對啊對啊。只是一起去高樓展望台，然後拍個照而已。」

『沒有動不動就被索吻嗎？』

「當、當當、當然沒有那種事啊。」

『……你的回應是不是有點怪怪的？』

「妳、妳想太多了，真的！」

的確有被索吻。

但是唯獨這點我說不出口。我絕對會把這件事帶進墳墓！

「真的什麼都沒有！這個世上我只喜歡日葵而已！」

『唔……』

日葵愣了一下，似乎有點忸忸怩怩，氣勢也漸漸收斂下來。接著她用超快的速度，一口氣像是唸經般滔滔不絕地說道：

『也、也是啦。我也知道悠宇本來就太過喜歡我了嘛。更何況我也親身驗證過悠宇沒有那種膽量了。跟我這個太過可愛的生命體一起相處兩年卻真的只當摯友什麼事都沒發生時，我就已經察覺了啦。既然是世界上最賢慧的日葵美眉，這時就應該要從容應對吧！』

呃，喔。雖然搞不太懂，但是日葵的心情好轉真是太好了。

……只不過我女朋友會不會太好哄了。還好意思一臉自命清高的樣子把「我一輩子都不會談戀愛」這種話掛在嘴上超過兩年耶。一想到日葵這樣的反差在這個世界上只屬於我，真的是惹人憐愛到幾乎都要發生大霹靂了我的甜心。

日葵用讓我能夠鮮明聯想到最可愛笑容的溫柔語氣說道：

『啊哈哈。是我太慌張了，好丟臉啊～更何況不管怎麼說，「在飯店裡也不會住在同一個房間裡」嘛～』

「…………」

『咦？悠宇？』

「就、就就、就是說啊！怎麼可能嘛！」

太危險了吧……！

在我一個鬆懈的時候突然拋來震撼發言，害我瞬間當機了！下意識地蒙混過去，罪惡感快要壓死我了……！

我的心臟怦咚怦咚跳個不停，這時日葵接著說道：

『所以說呢？你應該是有事才打電話來的吧？』

「啊，對了。其實我有件急事想拜託日葵——」

我向她說明剛才天馬他們邀請我參加個展，還有一併展售我的飾品的事。

日葵聞言很興奮地喊道：

『好厲害喔！悠宇，你竟然自己跟第一次見面的人變成朋友了嗎！』

「厲害的是那件事喔！不，那是因為天馬他們人很好。畢竟同為創作者，心有靈犀吧。」

日葵跟榎本同學，還有雲雀哥他們也都能理解我創作的熱情。

但那只是「給予支持」的意思。這當然也很令人感激，不過該怎麼說，我還是第一次遇到「有著相同經驗的對象」。在這麼遙遠的異地，我跟天馬他們確實是相繫在一起。

這讓我覺得很開心，雀躍的心情也隔著電話傳達過去了吧。日葵也以很開心的聲音說道：

『很好～悠宇！既然要進行販售，那就毫不留情打倒他們吧～！』

「說什麼打倒……」

『不不不。彼此競爭才叫心靈之友啊。我也覺得熱血沸騰了起來～大家一旦看到悠宇的飾品有多美，搞不好還會軟腳呢～』

「這也太誇張了……」

我雖然面露苦笑，但也能理解她所說的話。既然有這個機會，如果天馬他們能夠喜歡我的飾品就好了。

這時聽見電話另一頭傳來曾經聽過的鈴鐺聲。那代表蛋糕店有客人上門。

『糟了，有客人！我晚點就拿飾品去寄喔！地點是……』

「啊，希望妳可以寄到我住的飯店。我會請櫃檯幫忙收件。」

『我知道了！今天下班之後立刻去學校拿喔！』

跟她說了飯店的名稱，日葵也記了下來。

『悠宇，加油喔！啾♡』

最後隔著話筒拋來一記飛吻便結束通話。

這個驚喜讓我不禁當場掩面蹲下……不把直線距離八百公里當一回事的女朋友，實在是可愛到讓我心臟快要停止。

（太無敵了吧～～……）

……總算冷靜下來之後，我連忙回到咖啡廳。

「謝謝你借我手機。有人會幫我寄飾品……過來……」

回到天馬他們的座位時，我頓時說不出話來。

榎本同學好像在「唰——……」一威嚇著天馬他們。她現在的氣場，感覺就跟面對跑到自己地盤的敵人而尾巴炸毛的貓一樣！

我將手機還給露出神祕笑容的天馬他們。

「榎本同學做了什麼嗎？現在是怎麼了？」

「啊，沒什麼。她也沒有對我們做什麼，只是在你離開之後我們稍微聊了一下，好像害她心情變得很差……」

什麼……

我一看過去，榎本同學就賭氣地撇過頭。簡直像是惱羞成怒的小學生說著「人家又沒有錯」。我承認這樣很可愛，但是身為高中生似乎有點問題喔，榎本同學！

早苗小姐儘管感到困惑，還是向我說明：

「我們聽說她是紅葉小姐的妹妹，所以邀請她在個展之後，跟我們再加上紅葉小姐一起吃個飯……」

「喔喔——……」

我懂了。

大概是無意之間不小心踩到榎本同學的地雷了。就算是我，也無法理解榎本同學跟紅葉學姊之間的心結。

「抱歉。榎本同學跟紅葉學姊的感情不太好……」

「好、好像是這樣呢。我們也有不對的地方。」

正當天馬他們感到不知所措時，榎本同學站起身來。她抓住我的手臂使勁想要把我拉走。

「小悠。我們走吧。」

「咦？啊，等等，榎本同學！」

「已經沒事了吧。」

「呃，但是……」

我還想再多跟天馬他們聊一下。

我雖然這麼想……呃，呀啊啊啊！她不容分說便把我拉走！榎本同學今天也太不客氣了！

「小悠才不會去什麼個展。」

拋下這句話的她一心只想趕快離開咖啡廳。結果天馬連忙拿起名片對著我說：

「夏目！我們後天要做些展前準備。你可以打電話到名片上的這個號碼！」

「謝、謝謝！」

這麼約好之後，我就跟榎本同學一起離開咖啡廳。

♡ ♡ ♡

返回飯店之前，我跟小悠一起去逛了超市。

這裡的商品以國外進口食品為主，是一間時尚的高級超市。老家那邊都沒有這種氛圍的地方，讓我逛得有點開心。

小悠推著食品購物車跟在我身邊。

「小悠。你晚餐想吃什麼？」

「今天不去找間餐廳吃飯嗎？」

「既然飯店房間有廚房，我可以煮晚餐。」

「真的假的？好期待啊。」

小悠笑著答應了。來到東京之後我們都一直吃外食。習慣奢侈生活可不是一件好事。

「嗯——只要是榎本同學做的，我什麼都好。」

「那麼……」

我在擺放麵條的貨架上看到進口的義大利麵。

這是一種叫螺旋麵（Fusilli）的義大利麵。螺旋的模樣類似鑽頭的那種。聽說這種麵很容易沾附醬汁，也很好吃。我像在問「這個如何？」伸手一指，小悠就點了點頭並放進購物車。這種感覺彷彿新婚夫婦一樣。欸嘿嘿……

一併買了進口的番茄罐頭以及生鮮蔬菜。其他還有絞肉之類的，以及一點香料。今晚就做夏季蔬菜茄汁義大利麵。

「那個，榎本同學。關於個展的事……」

「不行。」

小悠露出「嗚嗚……」的悲傷表情。雖然這讓我有點心痛，但是現在就該忍耐。我也並非只

要是小悠的要求就凡事都會答應啊。

走去結帳的途中，我們經過點心販售區。色彩繽紛的商品奪去我們的目光，兩人的腳步就這麼停在這裡。

國外進口的零食、餅乾以及巧克力擺滿整個貨架。看起來熱量很高，好像很好吃的樣子。

……啊！

小悠以非常自然的動作把進口的洋芋片放進購物車。我見狀就拚命阻止他：

「不行。不行喔，小悠。」

「但是回去之後就吃不到了……」

「昨天已經吃了很多甜點吧。」

「唔！」小悠陷入猶豫，還稍微捏了一下肚子的肉。我不認為這麼快就會產生影響，不過看樣子他對於昨天的甜點巡禮好像感到有些不安。

即使如此還是無法死心，對我投以懇求的視線。

「可是難得出來旅行，不然也沒有這種機會吧……？」

「想吃的話也可以網購啊。」

「話是沒錯……」

小悠有點不服氣的表情也好可愛……不對。啊啊，他又被閃耀焦糖色澤的杏仁酥餅吸引了！

「小悠！你覺得身為飾品創作者胖胖的也無所謂嗎！」

「唔唔……」

這個講法有點卑鄙，但我還是直搗小悠的弱點。更何況小葵也說過創作者就該時尚。這句話立刻見效，馬上就讓小悠死心了。

「……好啦。我忍耐就是。」

「嗯。小悠好了不起。」

我們接著就走向收銀台。

小悠不太願意跟我對上視線。他就這麼受到打擊嗎？如果他真的這麼想吃，還是只買個一包……不，不行不行。來到東京之後一直吃外食，必須均衡飲食才行。

（不管怎麼說，我都是小悠的第一摯友……！）

「唔喔喔！」當我自顧自的熱血沸騰時，我們也來到收銀區。

於是小悠拿出錢包表示：

「我來結帳就好。榎本同學先到外面等我吧。」

「咦？但是……」

「既然妳要下廚，那麼食材由我來買也是理所當然吧。」

「好吧，我知道了。」

小悠好體貼……

而且這種對等的關係，感覺真好。好～我要為了小悠煮一頓美味的晚餐～

但是就在我轉身背對小悠的瞬間——我發現了。小悠的臉頰動了一下，瞬間還緊握拳頭擺出小小的勝利姿勢……

「…………」

於是我繞了收銀區一圈來到小悠身後，偷偷看了一眼購物車的東西。

剛才應該已經放回架上的洋芋片就在裡面。

我把那包零食拎起來的時候，小悠「啊！」了一聲注意到我從背後現身。我把洋芋片拿到他的面前輕聲笑道：

「小悠～？這是什麼呀～？」

「榎、榎本同學！妳怎麼會……」

「我看你一臉莫名開心的樣子，就覺得事有蹊蹺。」

「我的臉部肌肉也太老實……！」

我嘆了一口氣，轉頭準備將洋芋片放回架上。小悠便「哇啊啊啊！」追了過來。

「買個一包也沒差吧！」

「不行喔。這樣你會吃不下我煮的東西。」

「妳煮的我也會統統吃光！」

「絕對不行。既然把小悠交付在我手上，我就有責任要守護你的健康。」

難得有機會可以煮飯給小悠吃，我才不想輸給洋芋片。我要狠下心阻擋小悠的欲望。

小悠「咕唔唔……」看著洋芋片，一副依依不捨的樣子。但是在他明白再怎麼掙扎也沒用的時候，就一臉氣噗噗地撇開視線。

接著低聲說出我無法充耳不聞的發言。

「…………榎本同學感覺就跟『媽媽』一樣。」

「什……！」

我生氣地回應：

「人家才不是媽媽！」

「但是妳說的話，就跟日葵媽媽說的一樣啊……」

「才不一樣！我是為了小悠的健康著想……」

小悠圓滾滾的眼睛直直注視著我……唔唔！受到閃亮亮光束的攻擊，我不禁暈頭轉向。

「……只、只能買一包！」

「好耶！」

……我太軟弱了。

兩人一起提著進口超大包洋芋片突出在外的塑膠袋，走在返回飯店的路上。悶熱的傍晚時分。

東京巨蛋似乎正在舉辦演唱會，只見許多女性粉絲將道路擠得水洩不通。有人感覺雀躍不已，也有人好像很悲傷。四處都能聽見像是「求讓票」或是「本命不一樣的話可以帶一個人進場」之類的聲音。

小悠以感興趣的眼神看向那些做了一番精心打扮的人。十之八九是在看那些人穿戴的飾品吧。那雙認真的眼神並沒有在看我。

「嘿！」我用身體撞了一下小悠的肩膀。

「好痛！咦，什麼？怎麼了嗎？」

「欸，小悠。你就這麼想去參加個展嗎？」

「我可以去參加嗎！」

「不行。」

「那麼為什麼要問啊……」

小悠垮下了肩膀。

……就是說啊。對小悠來說，飾品才是最重要的嘛。然而我並沒有成熟到可以因此妥協。

「小悠。我跟『那些人』相比，誰比較重要？」

「咦……」

那些人。小悠好像也馬上聽出我所說的是中午見面的兩個創作者。

小悠以理所當然的態度回答：

「那當然是榎本同學啊。」

「真的嗎？」

「真的啊。因為我們是摯友嘛。」

「…………」

我知道小悠這句話是出自內心的。面對我的視線，小悠偏著頭，一副想要問我「怎麼了嗎？」

我再次用身體撞了一下小悠的肩膀。小悠感覺有點困惑，還是承受住這樣的衝擊。

「嘿！」

「咦，到底是怎麼了？榎本同學？」

「沒事。」

「是、是喔。那就好……不對，哪裡好了？」

小悠先是吐槽自己，然後一個人開心地笑了。

我的視線無意間看向兩人一起提的塑膠袋。沒辦法完全放進去，露出一部分包裝袋的進口超大包洋芋片。

欸，小悠。

只吃我煮的東西不行嗎？

這包洋芋片……無論如何一定要現在吃嗎？

VII

「有你在的幸福」

來到東京的第四天早上。

我在特大雙人床上醒來。

睡得超好。今天早上也是沒作任何奇怪的夢，神清氣爽地醒來。昨天吃完榎本同學做的晚餐之後（超好吃的），疲憊感很快就湧上，所以很早就睡了吧。

雖然天馬他們都是好人，但要跟第一次見面的人講話還是很緊張。就這方面來說，榎本同學有替我做晚餐真是太好了。該說是很放心嗎，感覺就像回到平常習慣的步調……

（我這樣真的有辦法一直當個創作者嗎……）

這讓我感受到日葵的存在是多麼令人感激。仔細想想，每當只要我必須應對第一次見面的人時，日葵總是會陪在我身邊。原來非得自己推動話題聊下去，是一件這麼累人的事……

今天沒有安排行程。得讓身體好好休息一下。

不，雖然說沒有行程，還是要跟榎本同學一起玩的日子。

總之再睡一下吧。榎本同學應該也還在睡吧。客廳那邊沒有傳來電視的聲音。

不過真的超放心的……有種包覆在令人懷念的溫暖之中的感覺。可以說是直達人類這種生物本質的溫暖吧。真不愧是高級床。這麼說來，自從來到東京之後我一直都是睡沙發，說不定是因為其實睡不太好。

……雖然我像這樣說服自己接受現況，還是有點太牽強了。

我悄悄轉頭看向背後感受到的溫暖。果不其然，眼前是一如預料的光景。

「……呼～呼～」

「…………」

榎本同學從背後把我當成抱枕緊緊環抱。在這個狀態下，可以聽見細微的鼾聲。剛才讓我感到安心的真相就是這個吧……

（……不，我是不是有點習慣了啊！）

當我吐槽自己時，榎本同學更是扭動身體貼了上來！呀啊啊！住手啊，世俗的欲望不要過來！離我遠一點！

昨晚確實是分得更開就寢吧？即使如此還是被毫不留情地捕獲，可見她的睡相有多差。

好吧，這個狀況我該怎麼辦？

不不不，我也不是用覺得賺到的心情在享受榎本同學的溫暖喔。只是既然被榎本同學抓住，我這個區區草食男又怎麼有辦法脫身。話說如此，現在要是強行叫醒她，又會像之前那樣害得榎本同學覺得不好意思。這絕對是要絞盡腦汁思考的時候！

……正當我想著這些事時，傳來一陣從未聽過的西洋樂曲。是榎本同學的手機響了。

不是電話，就是LINE的語音通話吧。糟糕。要是榎本同學被音樂吵醒就糗了。「嘿！呼！」我以靈巧的動作伸長了手，並且拿起手機。

……是日葵打來的？

不小心點下螢幕的瞬間就接通LINE的語音通話，把我嚇得不輕。榎本同學，螢幕沒有上鎖是很危險的喔……

我打了一個呵欠開口說道：

「日葵？這麼早打來有什麼事嗎？」

『…………』

奇怪？

「喂～日葵？有聽到嗎？」

結果日葵用莫名～有壓力的開朗語氣回應：

『嗯呵呵～為什麼我打給榎榎，會聽到剛睡醒的悠宇的聲音呢～？』

「…………」

……咕啊！

死定了。照理來說我跟榎本同學應該是睡在各自的房間。剛睡醒腦袋一時還轉不過來，太粗心了！

「那、那個，呃……」

快想，快思考啊。

一起準備早餐……不，已經被日葵發現我剛睡醒了。剛睡醒的時候就算拿著榎本同學的手機也不會啟人疑竇的理由……啊！

「鬧、鬧鐘……」

『鬧鐘？』

「對、對啊。今天我有點事要比較早起。而且妳也知道吧，我的手機被咲姊沒收了，所以跟她借來當鬧鐘……」

真爛。這個理由太爛了。

對了，其實我只要說榎本同學在準備早餐所以沒空接電話就好了。不行，我完全覺得自己是在自掘墳墓。據說生前先蓋好墳墓會帶來好運，然而這明顯就是直達死亡的單程票。

正當我不禁冷汗直流時，日葵用格外開朗的聲音回答：

『哦，原來是這樣啊～……啊，該不會是跟紅葉姊介紹的創作者意氣相投，結果今天也要一起出去玩吧？悠宇，你的等級提升很多耶！』

「啊哈哈。被妳說對了。真是心有靈犀……」

咦？這是什麼陷阱嗎？話說她真的這麼相信我嗎？正當我的心臟飛快跳動時，日葵說聲：「欸嘿☆」可愛地笑了。

『但是悠宇。擅自接起少女的手機還是不太好喔♪』

「……………我也覺得不太好。」

安全上壘！

裁判做出安全上壘的判決！夏目選手適時擊出帶有打點的逆轉二壘安打！……為什麼是設定在九局下半二出局滿壘落後一分的情境啊。

「話說回來，日葵。妳如果有事要找榎本同學，我可以幫妳轉達……」

『啊，我不是要找榎榎，本來就是想請她讓你接一下電話～』

「找我？」

『我昨天把飾品拿去寄了，明天上午就會送達了喔～』

原來如此，那真是幫了大忙。

「日葵，謝謝妳。」

『沒什麼，這都是小事啦。悠宇也要加油喔。』

日葵接著說聲：「啊，我要去打工了！」就掛斷電話。

一口氣湧上來的滿滿安心感，讓我在放下手機之後整個人氣力頓失……太好了。撐過去了。

雖然把這視為這趟東京之旅的最大危機很有問題，但是總算保住這條命。活著真是件美好的事。

接下來……

「榎本同學。妳其實已經醒了吧……？」

「……唔！」

榎本同學抖了一下。

我就知道。剛才電話裡的日葵起疑時，榎本同學也抖了一下。

「榎本同學？」

「……凜音還在睡喔。」

「哇～真流利的夢話……」

她還在扭動轉頭磨蹭我的背。

「等、等等，榎本同學！妳既然醒了就放開我！」

「不行。人家還在睡。」

我瞄了堅稱自己還在睡的榎本同學的臉一眼……整張臉都紅到耳根了。

哼哼～我看榎本同學是覺得太過丟臉，反而進退兩難吧！

「榎本同學，現在回頭還來得及！我們兩個都裝作沒發生這回事，迎接清爽的早晨吧！」

「不要。」

「不是啊，也還要吃早餐……」

「我不要～！」

「咦咦……」

榎本同學踢動雙腳鬧脾氣。這個動作引發的震動，導致我也跟著在床墊上跳動。真不愧是高級床，彈簧的等級就是不一樣！

「榎本同學！別再亂來了！」

「閉嘴啦～！今天的小悠是我的！」

「我的確是有答應妳，反正就是要出去玩吧……」

「今天一整天都要待在房間裡！」

「咦？東京觀光呢……？」

榎本同學「噗——」強調自己在鬧脾氣，然後就從身後抓了抓我的肚子。

「噗呼！」

怕癢的我忍不住噴笑，這讓榎本同學的雙眼閃過一道光輝。接著更是得意忘形地變本加厲開始搔癢！

「等等……呼哈！榎、榎本同……噗哈哈！」

「來～抓癢癢喔～」

「住手……真的拜託妳快住手！這招攻擊是怎樣！」

「只要這樣對待小悠家的大福，牠就會露出非常厭惡的樣子，實在很可愛。」

「不要把我跟貓相提並論好嗎！」

然而效果絕佳……話說我們這樣根本就是笨蛋情侶好嗎！

「我知道了，今天就整天待在房間裡吧！」

我伸手拍了拍榎本同學的腰表示投降。搔癢之刑總算告一段落，榎本同學又鼓起臉頰回到生悶氣的模式。

「因為只要出去外面，小悠就會滿腦子只想著飾品吧。」

「什麼，難道我是因為這樣遭到軟禁嗎……？」

然而確實無法否認這點讓我心有不甘……

……不，榎本同學如果想待在飯店裡也是沒關係。然而她從昨天開始就時不時表露出來這種耍賴撒嬌的妹妹舉動，實在讓我應付不來。尤其榎本同學平常總是很認真，因此這樣的反差與其說是可愛，更加讓我感到困惑。

（今天該不會整天都是這種感覺吧……？）

雖說吃飯只要點客房服務就好，但應該不至於完全不下床吧？

該說這樣還是有點不妙嗎，面對這樣的狀況，我也無法冷靜以對。就算再怎麼信賴我也該有個限度……

——嘟嚕嚕嚕。客房的電話響起。

不知為何，我的腦中閃過紅葉學姊的臉。總覺得我在按下通話鍵的瞬間，就會聽到她說出「悠(You)，放手去做吧~☆」之類充滿吐槽點的發言！

而且即使有電話打來，榎本同學還是完全沒有放開我的意思！

天啊。神為什麼要給予我這樣的試煉呢？不，我是真心想問為什麼啊。從前陣子開始，這些意外的方向性是不是太過偏頗了……

這種溝通方式也太過刺激。有沒有辦法驅除附身在榎本同學身上的邪惡……啊，就是那個！

我的視線前方，是放在床頭櫃的紅花盆栽。

那是前天她在銀座買的石蠟紅。

花語是「真正的友情」。

這是榎本同學表示「要以此為戒」挑選的花。換句話說，具備了讓榎本同學收斂這種過度肢體接觸的效果！（有經過她本人認可！）

我拚命伸長了手，一心想拿到石蠟紅……啊，在榎本同學從我腋下伸來的手妨礙下，似乎變得越來越遠了！

正當我心想「怎麼這麼不講理……」時，她就跨坐到我的肚子上。身穿浴袍的榎本同學妖豔地撩起頭髮……我的天啊。她的情緒繞了一圈之後，眼神當中已經完全失去理智。

「小～悠～就這樣不要去參加個展，讓我們一直在一起吧～……」

「榎本同學？妳說過旅行期間都是摯友吧……？」

「啊，嗯。是摯友喔，摯友。但是今天的小悠是貓咪，所以沒問題喵～♪」

「榎本同學──！講『喵』也太丟臉了……！」

與欲望的戰鬥進入第二回合。我茫然地頓悟自己的疏失。

對了。紅色石蠟紅的花語是「有你在的幸福」。瞧瞧榎本同學笑得多開心啊。到底該怎麼辦才好……夠了，不要再搔肚子了──！

♣ ♣ ♣

到了第五天。

來自櫃檯的一通電話讓我清醒過來。好像是請日葵寄的飾品送達了。跟櫃檯人員說聲馬上過

去拿之後，連忙做準備。

到浴室的洗臉檯洗個臉之後，我與鏡中的自己互相瞪視。

（是不是有點憔悴啊……？）

不知是否該說是憔悴，總覺得突然消瘦很多。

昨天榎本同學真的一整天都是那種感覺，但我還是活下來了。我的忍耐力挺了不起的。這也是忍受過日葵兩年以上煩人糾纏所帶來的恩惠啊……

盥洗過後返回臥室。換穿披在躺椅靠背的牛仔褲，我對著蜷曲在床上的物體搭話：

「榎本同學，妳還好嗎……？」

沒錯。

昨天的榎本同學一直都是那種感覺。具體來說就是把我當成貓，一直喵喵喵玩個不停。然後打從一開始就沒打算外出的榎本同學，還很周到地事先訂好晚餐的客房服務。如此一來，會造成那樣悲傷的結果也可以說是理所當然吧。

「……不好。」

不好的樣子。

榎本同學用毯子裹住自己的身體，因為剛出爐還熱騰騰的黑歷史而渾身發抖。被送來客房服務的大姊姊目睹喵喵玩法，確實會變成這樣呢。我也想要立刻從這個世界消失……

「那根本就不是我。那樣、那樣就不對啊。人家不是那種色色的女生……」

「我知道，我都知道。」

我摸摸榎本同學的頭安撫她。就算再怎麼亢奮，那個狀態確實只會讓人覺得是被某種東西附身。如今房間的四個角落都放了堆尖的驅邪鹽巴，已經不用再害怕囉。

……好了。

比起這個，我還有該去做的事。雖然讓這個狀態的榎本同學一個人待在房間裡，我覺得有點過意不去，但是我已經下定決心。我要化身惡鬼。應該說昨天的羞恥玩法反而讓我豁出去了。

「榎本同學。我要去附近的便利商店。」

「呼咦……？」

榎本同學在床上撐起上半身。昨天那麼晚睡，所以睡眼惺忪地揉著眼睛。

「小悠？怎麼了嗎？」

「沒什麼，只是要買個東西。」

「肚子餓的話，叫客房服務就好……」

……看樣子她果然今天也不打算讓我離開房間。就這麼不想讓我參加個展嗎？算了，這也無所謂了就是。

我壓下緊張的情緒，稍微做了一下深呼吸。

「就是……要買個內衣褲之類的。咲姊幫我準備衣服時太隨便了，有些已經破掉……」

「啊，原來如此……」

榎本同學有些害羞地撇開視線……雖然有點痛心，我還是下定決心站起身來。

「那我去去就回。」

「啊，等一下。」

她突然把我叫住，害我緊張了一下。

榎本同開心地拿出手機，遞到我的面前。

「你看。昨天晚上我看到這個。」

那是介紹東京觀光景點的部落格。看著那篇文章，我不禁睜圓雙眼。

「哦。有扶桑花的原種啊……」

上頭寫著在都內的大型公園可以免費觀賞。

地點距離這裡似乎沒有很遠。

「小悠，我們今天去看這個吧？還是得外出一下才行呢。」

「……………也是呢。」

我的回應不禁遲了一拍。

榎本同學對我這麼說，我覺得非常開心。但是抱歉——我在內心向她道歉。

「小悠。你今天也會跟我在一起吧？」

「……嗯。對啊。」

如此說道的我，這次真的離開房間。

寄到櫃檯的包裹並沒有多大。從這個箱子的大小來看，裡面的飾品大約有二十個吧。

總而言之，這下真是幸運。如此一來我可以抱著就走。

我沒有回房間，就這麼離開飯店。

（……我知道是我自己不對。）

榎本同學的心意確實讓我覺得很開心。

紅葉學姊並非出自一番好心，才會介紹創作者給我認識。她都那麼明確地宣告對我抱持惡意了。即使如此還要去參加個展，我明白這根本是笨蛋才會做的事。

然而我還是要去。

就算知道這會惹得榎本同學生氣，還是非去不可。

我已經不想再次體會前陣子跟紅葉學姊一決勝負時，留在心中的那股悔恨了。如果可以提升自己的實力，不管要挨幾招榎本同學的鐵爪功還是背部破壞技都在所不惜。

♣ ♣ ♣

過了中午。我抱著箱子再次來到澀谷。

根據我從飯店打電話給天馬時所得知的路線來看，承租的展覽空間好像就在這條路上。走在商辦大樓林立的小路上，我陷入了好像一直在同樣的地方繞圈圈的錯覺之中……糟糕。我該不會迷路了吧？

呃——我想想。天馬表示如果在東京迷路，總之先找到大馬路再說對吧。而且附近也有便利商店，只要詢問最近的車站在哪個方向，總是會有辦法解決的。

「……嗯嗯？」

這時聽見叩叩叩的敲打聲。

是從哪裡傳來的？就算我環視四周，也看不見做出敲打動作的人影。當我如此心想時，再次傳來叩叩叩的聲音。

我定睛看著眼前的大樓。有一道向下延伸至半地下室空間的階梯，天馬就在那裡的入口玻璃門另一頭抬頭看著我。

察覺之後我走下樓梯，他也從展覽空間裡走出來。臉上帶著一如前天的爽朗笑容迎接我。

「嗨，夏目。謝謝你過來。」

「抱歉。我沒發現是在這裡。」

「這個地點確實很難口頭說明嘛。」

商辦大樓的招牌也很小，應該是我一不小心遺漏了。進入展場之後，天馬便發現我是自己一個人過來的。

「咦？凜音呢？」

「啊，呃……總之有點事啦。」

聽到我支吾其詞，天馬也了解我的言外之意。何況前幾天見面時也有過這方面的對話，他應該知道榎本同學反對我參加這場個展。

「這樣啊。那也沒辦法。」

「謝謝……」

真的很感謝他很識相地沒有追問。再怎麼樣我也不敢說自己是趁著她因為被人看見喵喵玩法，打擊過大而陷入消沉的空檔逃出來。

「……哇啊。這裡很有都會的感覺耶。」

這個展場是一處非常整潔的時尚空間。水泥牆面裸露在外的室內裝潢給人冷色系的感覺，但是這樣反而帥氣。

在我因為這股時尚氣息而感到膽怯之際，天馬對我伸出手。

「這兩天請多多指教。」

「請、請多指教。謝謝你邀請我。」

我們輕輕握手。

說真的，直到抵達這裡之前，我都還無法完全否定這說不定只是一場整人遊戲的可能性而感到緊張，然而只是我多慮了。天馬帶著跟兩天前一樣的自然笑容歡迎我的到來。

有來這裡真是太好了。正當我覺得胸口湧上一股熱意時，突然感到不太對勁。這才發現天馬還沒有鬆手。不只如此，不知為何還用雙手包覆起來的感覺摸來摸去。

「呃，天馬？」

「……呼……呼。這果然是理想中的手啊。」

「天馬！」

「……哈哈……哈。我說不定正是為了邂逅這雙手而誕生……」

「這絕對是你的錯覺拜託快點回神啊！」

這個時候……啊，榎本同學不在場！

「嘿！」

啊！

從背後現身的早苗小姐對準側腹將他一腳踢飛。

「咕啊！」

「天馬！」

打倒天馬之後，早苗小姐面帶沉穩的笑容開口：

「夏目。歡迎你來。」

「麻、麻煩你們關照了……」

沒把倒地的天馬放在眼裡，親切地跟我打招呼。真不愧是舞蹈團體出身的人，從外表難以想像動作如此輕盈俐落……

「那麼在廠商進場之前先喝個咖啡……咦？」

早苗小姐用雙手調整一下時尚的眼鏡，並且緊盯我的臉。咦，怎麼了嗎？我的臉上有什麼奇怪的地方嗎？

當我為之緊張的時候，早苗小姐露出難以言喻的表情。

「你該不會是瞞著凜音偷偷跑來的？」

「咦……」

她為什麼會知道？

我的驚訝反應大概很好懂吧，早苗小姐以有些刻意的感覺露出苦笑。

「只是我的直覺。因為夏目的表情看起來好像很內疚。」

「這、這樣啊……」

嚇死我了。

這就是女人的直覺嗎？一瞬間我還以為她擁有超能力。不過說真的，這個想法應該也是八九不離十。

這時天馬迅速起身走來。

「抱歉。都是因為我邀請你參加個展……」

「啊，不會。只是我無論如何都想參加，才會惹她生氣……」

沒錯。

這是我的任性。並不是天馬他們的錯。

早苗小姐走向展覽空間附設的廚房，並且用咖啡機替我們準備飲料。

「夏目喜歡喝咖啡吧？」

「謝謝……咦？我有說過自己喜歡喝什麼嗎？」

早苗小姐露出富含深意的笑容。

「呵呵呵。這也是女人的直覺♡」

「這、這樣啊……」

總覺得這個人也有獨特的一面……

我一邊喝著咖啡，一邊想著這件事。

「不介意的話，要離開時再介紹你一間車站前的美味甜點店吧。」

「啊！……謝謝。」

早苗小姐這麼替我打圓場，並且告知今天的計畫。再過了一陣子之後，布展的廠商好像就會進場的樣子。在那之前只能等待。

「這麼說來，紅葉學姊是怎麼跟你們說我這個人呢？」

「嗯？紅葉小姐說會帶一個老家當地想成為創作者的男生過來，並且建議我們跟你見個面。她說這一定能帶來很好的刺激。」

「……只有這樣嗎？」

「嗯。只有這樣喔。所以前天發現凜音戒心那麼重，我們也有點傷腦筋……」

……感覺起來不太像在說謊。

如此一來，紅葉學姊是為了讓這兩個人累積經驗，才會引介我們認識的嗎？感覺與我的想像莫名有點出入。

紅葉學姊是這麼對我說的。

我是井底之蛙。如果認識其他創作者，我一定會喪失自信。她是基於只要我放棄自己的夢想，也就沒有必要跟日葵搭檔創業才會這麼做。

（莫非她單純只是要讓我見識彼此的實力差距？）

這表示這兩個人的飾品都做得太好了，她的目的在於讓我看了之後喪失自信嗎？

……我們或許一心深信「紅葉學姊一定會設下什麼陷阱」這種先入為主的觀念。

不過紅葉學姊是個很有自信的人。而且還是會想以此在他人面前占上風的類型。要說她是想向他人炫耀自己培育的創作者們藉此沾沾自喜，也並非不可能的事。

總之，我先專注於眼前的個展吧。

「話說回來，能請廠商進場布展好厲害啊……」

「啊哈哈。一點也不厲害。因為這也是從紅葉小姐那邊得到的活動資金。一般來說還是自己布展，但是紅葉小姐說：『既然借用我們經紀公司的名號，就要盡可能辦得氣派一點。』」

「紅葉學姊給的活動資金有這麼充裕啊？」

「嗯。那個人雖然可怕，但是對待創作者都很溫柔。」

……我是不是聽錯了什麼？

總覺得好像聽見與我所抱持的印象差距極大的發言。

「你說紅葉學姊……很溫柔？」

「咦？嗯，很溫柔啊。夏目應該也知道吧？」

天馬開朗的表情不帶任何謊言。

「……天馬。你是說紅葉學姊的哪裡溫柔呢？」

「要我特別指出哪裡還真傷腦筋……當然是全都很溫柔吧。那個人對後進很好，也會把對方視為獨當一面的社會人士。工作方面雖然嚴苛，但那也是為了我們著想。我能有現在的表現，全都是多虧了紅葉小姐。」

「是、是喔。這樣啊……」

「啊，你想聽聽我跟紅葉小姐的事嗎？……沒錯。那大概是兩年前吧。」

「不，那倒是還好……」

天馬羞紅著臉，視線投向遠方開始侃侃道來。

突然提起往事，而且還是跟紅葉學姊有關的事，讓我的內心產生一點陰霾。然而既然是我不小心問到這件事，還是端正姿勢聽他說下去。

「那是我們『Tokyo☆Shinwa』受到嚴重抨擊時的事。我們當然很想繼續從事團體活動。那個時機點正是支持我們的粉絲一點一點增加，總算可以正式出道的當下。然而這個社會還是很無情。團員的親人跑來公司痛罵：『怎麼能將兒子托付給這種地方。』這件事成了最後一根稻草……我變得不相信他人，日子也過得很荒唐。這些話我只在這裡說，甚至自暴自棄到差點想去接觸不好的藥。正是紅葉小姐拚命阻止被夥伴及經紀人拋棄的我。她對我說：『就算失去偶像的工作，也不會改變你這個人的價值。就在懂得你價值的人面前散發自己的光芒吧。』她溫暖地照亮了我的心，還替我安排這個飾品創作者的天職……」

「…………」

是、是喔～～～～……

不，我很能體會這段故事有多麼令人動容。而且這也讓我明白天馬是真心尊敬紅葉學姊。

但是……該怎麼說……

完全沒有打動我。這跟我認識的紅葉學姊形象實在相差太遠，甚至不禁懷疑是否還有另一個性格截然不同的紅葉學姊。更何況「就在懂得你價值的人面前散發自己的光芒吧」是什麼意思？紅葉學姊該不會是用這種甜言蜜語，試圖把沒有工作的模特兒後輩介紹給我吧……？

（而且紅葉學姊明明就把我說得一文不值……！）

當我獨自啜泣之時，天馬偏頭表示疑問：

「怎麼了嗎？」

「啊，沒事。我知道你是真的很尊敬紅葉學姊了。」

……也就是說，早苗小姐可能也有類似的經歷吧？感覺聽了以後會自尋煩惱，這個話題還是就此打住吧。

♣
♣
♣

這時布展的業者也剛好抵達。聽說好像是天馬等人的經紀公司經常合作的廠商。

似乎是天馬他們指定的室內裝飾一一搬了進來，謹慎地配置在展場裡。實際看到那些物品之後，有些地方也做了更動。

「請問桌子要怎麼擺呢？我聽說要再增加一張。」

「麻煩安排成從入口進來能平均看到三個地方的配置。」

「那麼這個音箱擺放的位置要調整嗎？」

「這樣就會變成位在桌子正上方了。可以設置在室內的角落嗎？」

「啊，好像可以喔。」

多了我要參加個展，因此原本的配置圖也有所更動。一開始我覺得可能會給他們添麻煩，但是天馬等人相當熟練地做出變更的指示。好像是因為平常參加個展的人數多多少少都會有所變動的樣子。

我在一旁就近觀摩他們布展。這是一段非常有意義的時間。總有一天當我有了自己的店面之後，也想跟他們請教許多事。

布展的工作完成之後，廠商大哥便笑咪咪地跟我們打招呼：

「那麼就此告一段落。」

「謝謝各位。」

他們回去之後，展場看起來完全不一樣了。

原本是裸露水泥牆的冰冷印象，如今變成可以讓人感受到溫暖的內部裝潢。照明統一成燈泡色的橘色光芒。牆上掛著幾幅風景畫，展示飾品的桌子是給人柔和印象的木紋。觀賞植物擺在室內的角落，除此之外還擺放了很有品味的室內家飾。設置在角落的大型音箱傳出藍調音樂的樂聲。

接著天馬開始向我說明當天的流程。

個展只舉辦兩天。時間是從早上十點到晚上八點，算是滿長的。中午休息一個小時，但是各自可以自行判斷是否穿插休息。

聽到這裡，我提出直接的疑問：

「既然租借展場，卻只舉辦兩天？不能再拉長一點嗎？」

「還是要看狀況吧。如果個展規模再大一點，有時候也會舉辦一星期以上。不過這次本來只有我跟早苗兩個人而已。而且如果是這樣的規模，與其分成好幾天，集中在短時間內的最終利潤會比較高。」

「原來如此。也就是不會特地招攬更多客人，而是集中針對原本就知道這場個展的客人進行販售對吧？」

「沒錯。就我跟早苗的知名度來說，比起開發新客源，還是以銷售給常客為主。為了盲目的挑戰，多花承租與維護場地的費用並非上策。」

真是讓我獲益良多。

我回想起國中那場校慶。當時附近的女大學生看到紅葉學姊的Twitter便紛紛跑來購買。那就是「只能在那場校慶買到」這句宣傳所帶來的結果。也就是提高稀有性，藉此刺激客人購買欲望的戰略。

「然後在展覽當天，入口處的桌子那邊會有人負責接待，裡面的廚房也有打工的服務生。這也先跟你說一聲。」

「好厲害啊。這種展覽都會另外聘請工讀生嗎？」

「雖然說是打工，其實就是我們經紀公司的人啦。才剛踏入演藝圈，還接不到什麼像樣的工作。就算要去做其他打工維持生計也有個限度，所以紅葉小姐覺得多少給這樣的新人一點幫助，才會找他們過來。」

「那個紅葉學姊去找的嗎！」

「……嗯——總覺得從剛才開始，我們對於紅葉小姐的印象就好像有所出入耶。」

不是啊，因為……你想想嘛。

那個人可是說過要跟日葵交換，打算把經紀公司的後進塞給我喔。這兩個真的是同一個人嗎……雖然我不會告訴天馬他們就是了。

其他還有像是「低消一杯飲料」、「上午二十分鐘一輪」之類的細項。

「個展竟然有一杯飲料的低消？」

也就是會利用剛才那台咖啡機提供飲料給客人。正當我覺得這樣好像是音樂表演活動的規則時，天馬便一臉苦澀地向我說明：

「簡單來說，就類似入場費啦。其實我們也很想讓客人免費入場，但是我們還沒有辦法只靠飾品的銷售回本。然而若是想收取門票，也會產生其他問題，所以就以飲料費的形式收取。」

原來如此。無論是要租借位於澀谷市中心的展場，還是剛才布展的費用，這些應該都不是小數目。我從沒想過還有這種回收成本的方法……不過這大概也是像天馬他們這樣的藝人才能使用的強硬手段吧。

「那麼『早上二十分鐘一輪』又是什麼？」

「那個就留到明天說明吧。個展開始之後再來解釋會比較好懂。」

在一旁靜靜看著整個說明過程的早苗小姐對著我們說道：

「天馬。那些嚴肅的話題就說到這裡，差不多該進入令人期待的時間了吧。」

「說得也是。」

令人期待的時間？

飾品個展的場地布置已經完成，對於當天的流程也有了共識。那麼在這些都搞定之後，有什麼令人期待的事呢？

……原來如此。我知道了。

我把一路帶過來，裝有飾品的紙箱放到桌上，然後用一臉正經的表情回答：

「飾品發表會吧！」

「正是如此！」

音箱傳出「啪啪喀啪～」熱鬧的音效！……看來這好像與早苗小姐的手機同步連結。

天馬跟早苗小姐也是一副興奮雀躍的感覺，各自拿出自己的飾品。

「紅葉小姐有贊助以模特兒或時尚設計師等各種業界為目標的年輕人，在那當中贊助飾品創作者的人數是五人。但是最近一直都是我們幾個沒有變動，所以感覺有點缺乏刺激呢。我們都很期待夏目創作的飾品喔。」

「就是說啊。紅葉小姐也要我們好好期待，你創作的飾品想必很棒吧。」

門檻拉得超高的……

這反而讓我有些畏縮，但是這時兩人先打開了飾品盒。首先是天馬讓我看他創作的飾品。

「這是……咦？」

是骷髏。

一字排開全都是以骷髏為主題的粗獷銀戒。一般來說，骷髏的種類相當多樣。有俐落帥氣的款式，也有女性化的可愛類型，以及小朋友會喜歡的那種渾圓的卡通造型。有原創設計，也有授權圖樣，非常多元。

然而，這是相當硬派的寫實路線。骷髏的每一顆牙齒都刻劃得很清晰。這跟天馬給人閃亮美青年的印象反差太大，讓我愣了一下。

大概是已經習慣了這種反應，只見天馬面露苦笑說道：

「啊哈哈。確實經常被說很不適合我。」

「沒、沒這回事喔。我只是有點驚訝……」

這麼說來，天馬的名片也是骷髏的設計。我們一邊聊，我一邊拿起收在飾品盒裡的商品。

每一款的尺寸都很大，怎麼看都是重金屬的感覺。總覺得與真木島那種類型的傢伙還滿搭的。但是屬於跟我無緣的類型……不對，等等。

我試著套上戒指，這才發現完全戴不進去。

「……天馬的創作主旨是『女性纖瘦的手，與戴上粗獷骷髏（Skull）戒指呈現的反差萌』嗎？」

「唔！」

天馬用雙手緊緊握住我的手。

「你看得出來嗎！」

「嗯、嗯。我想說天馬有手手癖好，而且每個飾品雖然很有厚度，但是內側是空洞所以相對比較輕盈。更何況戒圍都做得滿小的。」

「你好厲害啊。大家都只會注意到這個搶眼的設計，反而忽略了重量跟戒圍喔。」

如果要說我的花卉飾品是用「美少女×可愛的花」這種方向性相同的搭配，天馬就是利用「美少女×粗獷骷髏」這種極端的印象。

「天馬，你這個是用脫蠟（Lost wax）技法做成的吧。」

「啊，這也看得出來嗎？」

「嗯。我也有做過幾次。」

這是以蠟料……也就是使用蠟所製成的原創飾品。

如果想做一個原創戒指，主要分成兩種方法。

一是加熱金屬並且敲打加以連接，可以說是最純正的「鍛造技法」。

鍛造技法的優點在於強度可靠。透過敲打金屬去除雜質之後，金屬的密度也會隨之提高。所以可以做出堅固又有質感的飾品。

但是缺點在於工具之類的事前成本偏高。而且容易侷限於直線的設計，還有端看師傅的能

力，有時完成度會有差異。

另一種就是使用製作飾品用蠟管的「脫蠟技法」。

所謂蠟管，就是一開始便開了一個洞的筒狀蠟。拿工具將蠟管切成自己想要的戒指寬度，再用銼刀一點一點將蠟做成飾品的形狀，這就是脫蠟技法。

將完成的蠟管模型交給鑄造業者，灌入金屬之後就能收到成品。在這個過程中蠟會遇熱熔化，所以稱為脫蠟技法。

最近有很多業者提供接受個人訂購的服務，據說有越來越多人會自己做結婚戒指之類的。

脫蠟技法的優點在於削切柔軟的蠟進行設計，所以任誰都可以比較容易做出原創的設計。而且只要削切比金屬更容易取得的蠟，因此也可以呈現出更加複雜的樣式。

但是缺點在於只是流入金屬成型，因此強度通常會比鍛造技法的成品來得差。而且金屬內部的雜質跟氣泡也沒有去除，如果是比較精細的設計便很容易彎曲甚至斷裂。

早苗小姐也湊了過來，並發出感慨：「哇啊，你這次也做了很多呢。」

「天馬的骷髏戒指很帥氣吧。我放假的時候也會戴喔。」

「對啊。我明天也想買。」

天馬害羞地笑了。

「不過我還是一天到晚被老師斥責做得不夠到位。」

「老師？不是紅葉學姊嗎？」

「嗯。紅葉小姐介紹熟識的創作者給我，並且教導我很多事。我也有邀請老師來參加這次的個展，運氣好的話也能介紹給夏目認識。但是老師很隨心所欲，無法保證一定會到場就是。」

「哦。畢竟是紅葉學姊的朋友，感覺很厲害呢。」

「嗯——這很難說。說真的，我不太清楚那個人身為創作者的能力到達什麼程度。」

「咦？是嗎？」

既然稱呼對方為老師並且向他學習，卻不清楚那個人的程度嗎？當我感到費解之時，天馬笑著說道：

「該怎麼說，老師是個有著跨領域審美觀的人。而且總是可以正確地引導我方向。」

「這樣啊……」

雖然不太懂，既然天馬說到這個份上，想必是個厲害的人物。要是能見上一面，可得好好打聲招呼才行。

「比起這個，你也快來看看我的飾品嘛！」

「哇！不、不好意思……」

早苗小姐突然搖晃我的肩膀，我不禁嚇了一跳回頭看去。她一副迫不及待的樣子，打開飾品盒給我看。

「我做的是以天然石為主的皮革工藝飾品。」

眼前是滿滿別具特色的皮革飾品。每一個都鑲嵌了碧綠或是紅色，還有黑色等配色相當鮮明的天然石。

皮革工藝飾品。一如其名，泛指所有使用皮革製作的飾品。最基本的是使用牛皮，其他還有像是豬皮、鹿皮以及鱷魚皮等素材，種類相當多樣。

最具魅力的地方在於特有的「雅致感」吧。真皮不僅耐用，最棒的就是在經年累月使用之下也會加深皮革的色澤。這種獨一無二的特色不只適用於錢包之類的皮革製品，這種皮革工藝飾品一樣也能呈現這種優異的一面。

再加上點綴在皮革工藝飾品上面的一顆顆天然石。根據她前天的說法，對她來說這些石頭才是主角吧。就使用天然物品這層意思來說，感覺跟我的花卉飾品滿接近的。

我伸手拿起一個商品。那是用皮革飾品做成鳥類的羽毛，並連同紅色天然石一起穿過項鍊而成的作品。

「早苗小姐的設計，給人強烈的印地安珠寶的印象呢。」

「哦！你看得出來嗎？」

「這個鳥類羽毛的主題很有大自然的感覺，應該就是受到那個的影響吧。」

所謂的印地安珠寶，是自古以來就在美洲大陸生活的原住民傳統工藝品。本來是在舉辦祭典時穿戴在身上的裝飾品，現在則是作為年輕人的時尚單品大受歡迎。無論時代怎麼演變，大自然主題的東西都不會失去魅力。

像是在大型的購物中心裡，也能看到國外飾品的選物店會販售這類商品。像這樣帶有強烈宗教意義的單品可以跨越國境受到其他國家的人喜愛，也是飾品的魅力之一。

除了羽毛項鍊之外，還有皮革手環。這是沒有釦環的那種皮革手環。然而這個手環特別吸引我的目光。

橫幅較寬的搶眼手環上，鑲嵌了一個更加引人注目的大顆碧綠石。這個手環具備足以讓人將那些細節全都拋諸九霄雲外的暴力美。

令人眼睛為之一亮的鮮豔碧綠色上面，四散著類似薄霧的黑色陰影。我並沒有特別了解天然石，但是這個恐怕是……

「這個天然石是綠松石嗎？」

綠松石。主要是從淺青色到這種鮮豔碧綠色的天然石。以前土耳其商人會將這個帶去歐洲販售，因此又被稱為土耳其石。來自當時的傳聞也衍生出旅途護身石的這種說法。

「不愧是夏目。真的很懂耶！」

早苗小姐開心地握住我的手，用力搖來搖去。成熟穩重的大姊姊做出這種純真的反應，不禁讓我覺得緊張。

「沒、沒什麼了不起啦。」

「不不不！天然石雖然受歡迎，但是大家通常都記不住石頭的名稱喔～」

「畢竟一般來說是像鑽石之類比較有名。」

「沒錯。夏目，你怎麼會知道呢？」

「前陣子我有考慮過能不能跟花卉飾品搭配在一起。本來就是大自然藝術的組合感覺似乎不錯……但是放在一起不太平衡，所以就放棄了。」

那次的挑戰雖然失敗，但是能像這樣成為對話的契機也讓我滿驚訝的。天馬的脫蠟技法也是，這讓我再次體認到真的應該多方嘗試。

「…………」

看到兩人如此分享自己做的飾品，讓我覺得很感動。

至今為止製作飾品的過程，就某方面來說是孤獨的。有日葵這樣的搭檔，還有榎本同學及雲雀哥等認同我的人。我自己也覺得很奢侈，然而……身邊沒有相同興趣的人也是不爭的事實。

至今為止，我都覺得這樣也沒關係。

但是像這樣與兩人相遇之後，不禁讓我產生了自覺。這無關紅葉學姊究竟在打什麼算盤。我能因此跟同世代的創作者們成為朋友，真的太好了。

我再次看向他們創作的飾品。

全都是非常棒的作品。

從設計的各種細節當中，都能感受到講究與挑戰，每一個作品都能看見創作者的愛。

（但是，總覺得……）

我拚命壓抑內心湧上的這種不對勁的感覺。

我覺得這是不可能的事。紅葉學姊介紹給我認識的創作者都是她的壓箱寶。再加上我最近沒能時常專注在飾品上，大概只是我的眼光變得駑鈍了。

天馬以期待已久的感覺催促我：

「那麼也讓我們看看夏目做的飾品吧。」

「對啊。只看過我們的感覺很不公平嘛。」

「說什麼不公平……」

一邊說著這樣的玩笑話，我將裝滿自己做的飾品的紙箱推到兩人面前。很緊張地打開箱子，將其中一個飾品放在桌上。這是已經包裝完畢可以販售的商品，飾品盒裡的是波斯菊耳環。

天馬等人看向我的飾品……

「…………」

「…………」

兩人都毫無反應。他們維持探頭看向飾品盒的姿勢，沉默地一動也不動。

……咦？我還以為他們馬上就會開玩笑或是說出感想。意料之外的反應讓我困惑不已。有、有什麼奇怪的地方嗎？難不成有什麼東京創作者的規矩之類……啊！該不會是飾品盒太俗氣的那種感覺？還是飾品的配件不上不下……但是在鄉下地方可以買到的配件很有限，就算網購也要賭賭看實體跟圖片之間的差距。

怎麼辦？難不成——

『唉。夏目，我看這不行啦。』

『紅葉小姐的審美也退步了呢。果然還是敵不過年紀嗎？』

做出類似這樣的反應，然後不讓我參加明天的個展！

正當我「啊哇哇哇……」陷入混亂時——天馬抓住我的雙肩，臉色大變地喊道：

「夏目！這是你做的嗎？」

「咦？怎麼了？是不是很土……」

「啊？很土？你是在跟我開玩笑吧！」

「什、什麼意思？我搞不清楚現在是什麼狀況……」

這時早苗小姐突然從自己的包包裡取出手套。為了不在我做的耳環上留下指紋，小心翼翼地拿起來仔細端詳。

接著「呼」的一聲發出感嘆。

「……這麼精緻的飾品，我們團隊的幾個人很難達到這個境界喔。一瞬間甚至猜想這會不會是你去跟哪個知名創作者買來騙我們的。」

「不，我就算費這麼大的力氣騙你們也沒意義吧……」

畢竟紅葉學姊知道我做飾品的本領。就算一時能顧及面子，沒有真正的實力就沒有意義。

「但、但是，妳喜歡我的作品就好……」

「說什麼喜歡，根本不是這種程度的問題好嗎！小心我揍你喔！」

為什麼要對我發火啊！

當我感到傷腦筋時，天馬一臉認真地問道：

「夏目，你創作的資歷有多久了？」

聽到這個問題，我偏頭想了一下。這麼說來我做幾年了？雖然不記得具體的時間——但是跟榎本同學是時隔七年重逢，所以應該比這還短……

「呃，最早是從小學六年級開始接觸……大概六年左右吧？」

「……！」

天馬跟早苗小姐的表情都僵住了。

「小學六年級？那個時候我甚至沒想過要進入演藝圈……」

「我又是如何呢？應該是聽爸媽的話去上各種才藝班吧……」

「嗯——」兩人一起偏頭沉思。

話題明明是我的飾品，但是總覺得我完全置身事外。得知他們的反應不假，剛才那種不對勁的感覺再次湧上心頭。

……難道是我的飾品品質比較好嗎？

「話說回來，天馬你們創作的資歷又是多久呢？」

「我大概兩年，早苗小姐應該是一年半左右。我記得妳晚我半年吧？」

面對天馬的提問，早苗小姐也點頭回應：

「雖然對天然石很有興趣因此學了不少事，但是從正式挑戰製作飾品的時間來看，差不多是這樣吧……」

也就是說單純就創作資歷來看，我才是前輩啊。總覺得整件事朝著出乎意料的方向發展，讓我不禁感到無所適從。

可是這樣也很奇怪。根據紅葉學姊的說法，感覺是要介紹技術比我更高超的創作者給我認識才對……

我當然不是覺得天馬他們身為創作者的能力在我之下。對於我做的飾品稱讚到這種程度，也不代表我們之間有優劣關係。

（只是那個紅葉學姊感覺會設下某種陷阱吧……？）

我不禁產生這樣的想法。更何況前陣子在她想帶走日葵的那個事件，我是這麼無能為力地輸得澈底。

因為是臨時決定的東京旅行，所以沒能做足準備嗎？前幾天的挑釁，其實只是迫不得已的手段嗎？……但是這樣不符合紅葉學姊的作風。

在那之後，我去了天馬他們推薦的珠寶店逛了一圈。

還有為了個展做準備，請他們幫我挑選一些流行的服飾。天馬常去的那間美容院怎麼看都像是藝人專用，讓我不禁感到畏縮，但是實際上踏進去卻也感覺滿自在的。

由於我只有帶飾品，所以也順便去看了明天可以用來裝飾桌面的小物。忙東忙西之後天色也暗了，一起吃過飯便與他們道別。

最後我在早苗小姐推薦的蛋糕店買了好吃的蛋糕。

「夏目。你要振作點喔。」

「請幫我們向凜音打聲招呼。」

受到兩人的鼓勵，我就此踏上歸途。

……說真的，我也想過能否去他們家借住一晚。畢竟榎本同學肯定很生氣吧。

♡ ♡ ♡

早上，小悠出門去了便利商店。

我換好衣服，客房服務的早餐也在這時送來，於是我便準備一下。然後打開電視看起晨間新聞，等待小悠回來。

……直到早餐的湯冷掉的時候，我開始覺得不對勁。

小悠沒有回來。難道他迷路了嗎？不，馬路對面就有一間便利商店，再怎麼樣也不至於迷路。會不會是站在裡面看雜誌呢？雖然我覺得小悠不是那種人……

（……不會吧。）

儘管內心這麼否定，不安的心情還是逐漸膨脹。直到新聞播完切換到下一個節目時，我下定決心打電話詢問櫃檯。

『夏目先生領了包裹之後便外出了。』

我沉默地掛上電話。

——小悠。你今天也會跟我在一起吧？

——……嗯。對啊。

我回想起剛才的對話。

那個時候，小悠的眼睛並沒有看著我。

（……小悠對我說謊了。）

這個事實重重地壓在我的心上。為什麼？不，我當然知道。因為我不讓他參加個展。所以他才會對我說謊，自己出門去了。

我拿起手機，打電話給我最討厭的那個人。對方接起電話的瞬間，我便心急地問道：

「姊姊，天馬他們的個展辦在哪裡？」

『…………』

姊姊有點驚訝地倒抽一口氣。

接著以開心的聲音說道：

『凜音，妳被拋下啦～？悠悠好壞喔～☆』

簡直就像「全都如自己預料」的雀躍語氣。

一直到過了中午。小悠還是沒有回來……我便前往姊姊告訴我的那棟商辦大樓。

我從外面偷偷看著位在半地下室的那個展場。

……小悠人就在那裡。我多希望是自己猜錯了，但是他果然為了準備個展向我說謊。

問題在於得知這件事之後，我又能怎麼做？

我不禁當場蹲下。這個時候該怎麼做才好呢？我知道小悠非常重視飾品。

但是沒必要連這種時候都以飾品為優先吧。虧我那麼努力，小悠才得以跟小葵交往喔。才過了半個月而已，難道全都忘記了嗎？

小悠他們圍繞著放在桌上的飾品，感覺一臉認真地談論什麼。聽到小悠的話，天馬一臉佩服的樣子點了點頭。

然後早苗好像也問了些什麼，只見小悠指著飾品進行說明。

三人熱絡地交換彼此的意見，有時還開心地一起發笑。知道他正經歷一段充實的時間，讓我覺得自己孤獨的影子好像越來越濃了。

……我大嘆一口氣。

（不行喔。凜音只要有心就能辦到。不能因為這種事情生氣……）

握緊拳頭下定決心。

這樣還不算什麼問題。只要好好跟小悠談談，他想必就能理解。不管怎麼說，他還是很重視我的。今天應該只是因為受到新的刺激才會感覺這麼開心。個展的準備結束之後，馬上就會回到我身邊吧？小悠沒有把我丟在一旁，忘記我的存在吧？

回來之後，小悠就會「對不起」向我道歉了。只要誠心道歉，我也會原諒他的謊言。

「我就回飯店等小悠回來吧！」

小悠到時候一定累壞了，我得好好療癒他一下。做一頓美味的晚餐，也事先在浴缸放好熱水，然後說聲：「辛苦你了。」稱讚他一下……感覺就像新婚夫婦一樣。欸嘿。

（好，就這麼辦——！）

我提起滿滿的幹勁，就這麼踏上歸途。

然後小悠完全沒有要回來的意思。

我在行政套房床上茫然望著窗外的東京景色漸漸染上暮黃，最後籠罩在昏暗的夜色之中。手機……已經晚上八點了。完全是晚上了。咦？小悠早上就出門了吧？而且還是對我說「去便利商店」這樣的謊言，然後出門的吧？難道都不覺得我會擔心，也沒想過要早點回來嗎？

回過神來，我已經拿起枕頭一拳又一拳打個不停。

「～～～～！」

為什麼？為什麼不回來啊？

準備個展需要花這麼多時間嗎？只是那樣的規模，應該花不了多少時間吧？

當枕頭被我打扁時，腦中突然閃過一道天啟。

（等等。小悠該不會是發生了什麼意外……？）

我猛地從床上跳起來。這種時候要聯絡哪個單位才好？要報警嗎？還是打給消防隊？啊，應該打給天馬或早苗嗎？還是直接聯絡姊姊——

就在這個瞬間，門外傳來喀嚓喀嚓的開門聲。

「……！」

我連忙出去迎接小悠。

「小悠！」

「啊，榎本同學……」

太好了。小悠平安無事。

他一臉相當愧疚的表情，並且露出僵硬的笑容：

「那、那個……榎本同學。今天真的很抱歉。其實……」

在他把話說完之前，我下意識衝上前去緊緊抱住小悠。接著打從心底發出放心的嘆息。

「小悠。太好了……」

「…………」

小悠似乎感覺有點出乎意料，並且將手放在我的肩上。

「真的很抱歉。今天我無論如何都想去看天馬他們準備個展……」

「沒關係。我都知道。」

總覺得直到剛才為止的焦躁感頓時煙消雲散。小悠回來了……光是這樣就夠了吧。因為我等了小悠七年喔。事到如今，不過是等個幾小時，我才不會放在心上。他一定會回到我身邊。因為小悠是我「理想中的對象」啊。

「應該說我馬上就知道你是跑去個展了。」

「真的假的……好吧，說得也是呢。」

小悠的眼神尷尬地左右游移。我這才回過神來，與他拉開距離。

「……小悠真好色。」

「不，這也是無可厚非吧……」

小悠紅著臉移開視線。

（真想再抱久一點……開玩笑的。）

默默產生這種想法，我忍不住「呿」了一聲。

不過算了。更重要的是我肚子餓了。既然小悠平安回來，那就趕快來吃晚餐吧。

我回到廚房開火幫鍋子加熱。接著從冰箱裡拿出沙拉跟麵包。

「小悠。我們來吃飯吧。還是你要先洗澡？熱水已經放好了喔。」

啊，現在這個對話好像新婚夫婦喔。

總覺得怦然心動了一下。如果我這時候說出「要先吃飯？先洗澡？還是要……」之類的話，

不知道會怎麼樣？不行不行。那可不行。因為這樣就不是摯友了。而且會被小悠罵。

當我打開鍋蓋的瞬間，立刻飄出感覺很美味的咖哩香氣。今天煮得非常好吃喔。小悠會不會很開心呢？會不會像之前那樣摸摸我的頭呢……欸嘿嘿嘿……

「啊，抱歉。我已經吃過晚餐了。」

——攪拌咖哩的湯勺「噹啷」一聲掉落在地。

就在我渾身僵硬動彈不得時，小悠開心地繼續說道：

「天馬他們約我去玩。『我們逛了一圈珠寶店』，東京果然很厲害耶。跟榎本同學一起去的那間店也很棒，但是品項的齊全程度實在很不得了。而且他們還帶我去其他一起做飾品的夥伴會去的店逛逛。那邊有超多感覺很適合花卉的配件……能不能在老家那邊開一間那種店啊……」

「…………」

他說話的速度超快。

小悠只要提到自己喜歡的東西，有時就會變成這樣呢。我一邊說聲：「是喔……」一邊撿起掉在地上的湯勺拿到水槽清洗。

「而且榎本同學不是也有說過，既然要面對東京的人，得留意一下自身的打扮。我覺得妳說得很對，於是找他們商量了一下，『天馬他們就帶我去流行的服飾店看看』。在天馬他們常去的店家有看到價格滿合理的衣服，所以我在那間店裡買了一套。明天我會穿著去參加個展。」

小悠提起流行服飾店的塑膠購物袋。看起來滿厚實的，可見是真的買了一整套衣服。

戳、戳、戳、戳、戳——細小的刺一根根扎在我身上。雖然只是模糊的印象，總覺得就像「有個彷彿迷你惡魔的小葵拿著長槍好像很有趣地戳個不停」。只不過完全不好笑就是了。

接著小悠拿出看似蛋糕店的盒子給我看。

「還有，這算是給榎本同學的賠禮，也可以說是伴手禮。『是早苗小姐介紹的美味店家』，這個甜甜圈好像真的超受歡迎。我本來想說這麼晚了還能買到真是奇蹟，不過好像是早苗小姐打電話去店裡預定的樣子。大學生的大姊姊果然就是體貼啊……」

「…………」

手邊攪拌的咖哩咕嘟咕嘟開始沸騰。正當我茫然看著眼前的鍋子時，小悠連忙打算關火。

「啊，榎本同學！咖哩有燒焦味……」

「……吵死……」

沒能清楚聽見我說話的小悠，把臉朝我這邊湊了過來。總覺得他整個人的氛圍有點不太一樣，好像是去剪頭髮了。傳來一股美髮造型劑的好聞香味……不用多想也能知道，想必是天馬他們帶他去的吧。

（明明知道我自己一個人在飯店等他回來……）

腦裡那群迷你惡魔小葵正圍著一顆大炸彈，紛紛用「怎麼辦？」、「要爆炸了嗎？」的感覺

拿長槍一下又一下地戳著。這時惡魔頭目小葵的眼睛一亮，一口氣刺穿了炸彈。

——啪滋！總覺得好像有某種東西斷掉了。

「吵死了啊啊啊啊啊啊啊啊啊啊啊啊啊啊啊啊啊啊啊！」

我一把抓起小悠的頭，並且用力扭動。

「天啊好痛痛痛痛痛痛痛痛痛痛！榎本同學，痛死我了痛死我了！」

「吵死了、吵死了、吵死了——！不要一直在我面前述說你跟天馬他們的快樂回憶好嗎啊啊啊啊啊啊啊啊啊啊啊啊啊啊啊啊啊啊！」

悠宇同學發出了可能會吵到隔壁房，甚至要向人家道歉的哀號，接著「砰！」的一聲倒在廚房地板上。沾了造型劑而黏膩的手在小悠的帽T上來回擦拭。

接著我氣沖沖地站到他面前。

「……小悠。你今天為什麼這麼晚才回來？」

「咦？那個，就說我跟天馬他們……」

「你是去準備個展對吧？為什麼結束之後還跑去玩呢？我可是一直在飯店等你回來喔。」

「啊……」小悠輕呼一聲，這才注意到自己的失言。

「但、但是，我自己一個人又不知道東京流行什麼……」

「跟我一起去就好了啊。為什麼你只顧著重視跟其他人的回憶呢？」

「天馬他們都約我去了，不好意思拒絕啊……」

「小悠，一開始跟天馬他們見面的時候，你跟我約好也會珍惜與我相處的時間吧！你還說過比起天馬他們，我對你比較重要不是嗎！」

「但是說到頭來，我今天本來就要去找天馬他們……」

「然後你還要說明天也要去參加個展吧？你到底什麼時候才願意顧慮我呢？幾點幾分幾秒？要等地球繞完幾圈？」

「不要說那種像是小學生的話好嗎！」

「小悠才是吧！跟新朋友們玩得那麼開心，完全把我丟在一旁不管啊！」

「榎本同學也不要管我，自己去玩不就得了！」

「人家在東京又沒有朋友！」

「紅葉學姊就在東京吧！姊妹倆偶爾一起出去玩也好啊！」

「啊？我都說過多少次我討厭姊姊——」

小悠站起身來。

先是緊咬下唇之後，情緒化地對我大吼：

「少騙人了！妳其實很喜歡紅葉學姊好嗎！就是因為妳跟姊姊處得不好，『取而代之』才會找上我吧！難道不是這樣嗎？」

「……！」

我頓時陷入沉默。

把我的反應當作是默認……小悠的表情顯得有些悲傷。

「我一直都想不透。為什麼榎本同學會喜歡像我這樣的人呢？一開始是幫妳修理曇花的手鍊沒錯，但是也不可能因此成為喜歡的契機。我更不記得在一年級時有做過什麼會讓榎本同學喜歡的事。如果要說『因為是小學時的初戀』……都已經是高中生了，那更加不可能。」

他接著撇開視線。

在視線的前方——正是我拿過來放在桌上的石蠟紅花盆。

「之前去看水族展時，榎本同學有這麼說過吧？說我不會背叛妳，所以這麼喜歡我……但那是在『跟誰比較』呢？」

我的心臟漏了一拍。這陣沉默就是回答。

最後小悠像是要把所有氣吐出來一般喊道：

「我不是『紅葉學姊的替代品』！當然不可能什麼事都如妳所願好嗎！開什麼玩笑啊！」

「呼、呼！」他不斷大口喘氣。

整個行政套房重回一片寂靜。附近遊樂園的繽紛燈光，將窗外景色照得閃閃發亮。我深深吸了一口氣，空氣裡帶著咖哩燒焦的味道。

「………………」

ＩＨ爐因為溫度太高而自動關閉。

我的手微微顫抖。不禁覺得鼻酸。深深吸了一口氣之後，我緊握拳頭。

「……而已……」

「咦？」

在小悠反問的瞬間——這次換我大喊：

「要不是有我在，小悠明明只是個什麼事都做不到的路人創作者而已！」

「什……！」

小悠感到退怯。

趁著這個破綻，我一股腦地將心中的憤慨宣洩出來！

「這是怎樣？竟然說得好像自己的所作所為都是對的一樣！嘴巴講得煞有其事，但那只不過是正當化忘記我的存在自己跑去玩的行為吧！我跟姊姊的事，跟現在這件事一點關係也沒有吧！憑什麼要被小悠這個外人自以為是地說三道四啊？你先秤秤自己的斤兩再說好嗎！」

「啊，不是，那個……」

「再說了，我一直都很生氣喔！一開始修理好我的手鍊之後，妳在咲良姊的建議下說要做『初戀』主題的飾品那時候！你跟小葵明明就是自己鬧翻，為什麼要弄得好像我的錯一樣？我可不是為了讓你們親熱放閃的道具！而且你也沒有因為這件事向我道歉吧？」

「那、那是……咦，妳那時很生氣嗎？」

「對啊！感覺好像大家都覺得『凜音是「乖孩子」所以會諒解吧～』！學校的女生弄壞飾品之後，我也有幫忙協調讓你跟小葵和好啊！這件事你也只是說句『榎本同學謝謝妳』…………就這樣而已！無論是察覺自己對小葵的心意並要我幫你那時，還是姊姊那件事也是，我都在替你加油吧！我都給情敵送上這麼多次助攻了，只是拜託你在這趟旅行中把我放在第一順位，就要被說『我不是紅葉學姊的替代品』——我才要說你『開什麼玩笑』啊！」

「啊，呃……」

眼看小悠完全感到退縮，我立刻給予致命一擊。我雙手抱胸，抬頭挺胸威嚇他：

「要是沒有別人的幫忙明明什麼事都做不好，還裝模作樣擺出創作者的姿態，真是蠢斃了！小悠，你至今有只靠自己的力量賣過飾品嗎？分工合作說起來很好聽，但那其實只是在依賴小葵而已吧！這樣的人跑去參加藝人出自同情邀請的個展，最後一定是一個也賣不出去，顯得格外淒涼而已啦！不過倒是累積了經驗值（笑）！」

「……唔！」

原本完全消氣的小悠，因為我這句話再次重燃怒火。看來只要提到飾品的不是，他也不會沉默以對。還真是個天生的創作者（笑）呢。

小悠的額頭爆出青筋，對著我開口：

「榎本同學……這可是妳說的。」

「是我說的啊。不甘心的話，你就自己從容賣光那些世界上最可愛的女朋友（笑）寄過來的庫存啊！」

「好啊，我知道了！我就全部賣光給妳看！如此一來至今欠妳的人情也一筆勾消！」

「可以啊。反正你一定辦不到。不過要是賣不出去又該怎麼辦？總不可能只有你贏了才有獎勵吧？」

「好。就算只剩下最後一個，要是沒賣完的話，無論妳有什麼要求我都照做。這樣如何？」

「哦～……？」

我聽到這句話，便揚起了嘴角。

「就算我要你跟我交往也可以嗎？」

「……！好、好啊。可以。怎樣都行！」

「不是只有形式上喔。不但要在學校公開，也要約會、接吻，包括色色的事也是，只要是情侶之間會做的事，全都要照著我的理想去做。」

「妳……呃，這……………………煩死了，我知道了啦！做就做啊！」

我打開手機的錄音程式，並且遞到小悠面前。

「來。發誓。」

「唔……我，夏目悠宇，如果沒在天馬他們的個展把飾品全部賣完，就跟榎本同學交往。」

我接著將手機拿回到自己嘴邊。

「如果小悠能夠在個展上把飾品全部賣完，我，榎本凜音就既往不咎，而且不再要求小悠任何事。」

然後停止錄音。

我們先是瞪視彼此——然後哼了一聲轉過頭去。

接著我們一起沉默地吃完燒焦的咖哩，一起沉默地搶著轉台，一起爭奪洗澡的順序，最後再一起沉默地上床睡覺。

這時小悠總算開口了。

「話說榎本同學也太礙事了。這可是我的床。」

「啥？這是我姊姊訂的房間，所以是我的床。」

「多虧有我跟妳在一起，紅葉學姊才會訂這麼好的房間吧。換句話說就是我的床！」

「一開始是我請她訂房間的，這理所當然是我的床。小悠自己去露宿街頭啦！」

就在我們拉扯毯子之時，小悠悄聲說道：

「……妳明明昨天還在說什麼『喵♪』的。」

「～～～～～～～！」

然後就此展開一場誰都不肯罷休的枕頭仗。當我累到睡著時……天應該都亮了吧。

……我絕對不會原諒小悠！

VIII

「與你相伴就能放心」

來到東京的第六天。

個展當天，我一大早就抵達澀谷。

……好想睡。真的睡眠不足。不，這都是我的錯。在搶奪那張床的時候，我不小心踩到榎本同學的黑歷史。雖然當時氣到理智線斷裂，這點還是應該反省。

在個展開始前一小時，我踏入昨天來過的展場。天馬他們已經在這裡待機，桌上也擺設好飾品，並加上各種裝飾。

「啊，夏目！今天凜音也一起……你們兩個是怎麼了？黑眼圈都好重……」

看到我們這副模樣，天馬不禁愣了一愣。

「沒怎樣……」

「沒事啦……」

我們哼的一聲撇過頭去時，早苗小姐端著托盤過來。

「你們都喝一下這個吧。感覺會比較舒服喔。」

於是乖乖地享用了。替我準備的是黑咖啡。給榎本同學的是紅茶……我們的喜好還是一樣被她看穿。

不管榎本同學，我先去看了天馬的桌子。

「天馬。我太晚到了嗎？」

「不，這個時間差不多。我們只是必須在ＩＧ跟TikTok事先做宣傳，才會比較早過來。」

啊，原來如此。

天馬跟早苗小姐紛紛將裝飾完畢的桌子拍成影片。我也一邊裝飾自己的桌子，一邊參考他們是怎麼做宣傳。

我請他們告訴我帳號，看了一下那段宣傳影片。閃亮的飾品影片上寫著「好想快點看到大家喔」……順便還附上一句「今天也有新的來賓參展，敬請期待喔」。

「天馬。這是指我嗎？」

「嗯。夏目的長相感覺是我們的粉絲會喜歡的類型呢。如果不是只有這一次，之後也都能一起辦展就好了。」

「不不不。這種玩笑話有點過頭了……」

「嗯——我並非在開玩笑就是了……」

再怎麼說都是客套話吧……

但是聽到他這麼說，真的讓我覺得很開心。雖然我沒打算離開老家，但是如果往後還有這樣的機會就好了。

在我們如此閒聊之時，榎本同學在身後「嘰唰——」進行威嚇。天馬面帶苦笑，一邊用不讓她聽見的音量對我耳語：

「要是我搶走夏目，感覺會被凜音討厭呢。」

「不，拜託別說這種話……」

「而且你們到底是怎麼了？昨天應該有和好吧……？」

「我也搞不懂，但是好像踩到她的地雷……」

「這樣啊。沒關係啦，即使如此還是跟你一起過來，感情應該還是很好。」

「真心拜託你別這樣。」

完全被他玩弄於股掌之上。說到頭來，也不知道他是怎麼看待我跟榎本同學的關係。之前也曾介紹她是紅葉學姊的妹妹，是不是沒有那麼不自然呢？

剛才那則個展的事前宣傳，馬上就有粉絲們留下「好期待見到小天～」或是「下班之後立刻過去！」之類的滿滿留言。真不愧是藝人……不，這應該是天馬這個人本身的魅力吧。每一則留言都很溫暖。

這些人全都會來到這間小小的展場啊。如此一想，很快就開始覺得緊張。在這種狀態下，今天一整天真的沒問題嗎？

過了不久，有兩個女生來到展場。她們都給人很會打扮的印象。我想說這麼快就有客人來了，並且感到有點緊張，不過原來是昨天聽天馬提過的打工女生。

跟兩人打過招呼（她們倒是特別問了我跟榎本同學的關係），我也完成飾品的擺設了。

正當我們稍微討論一下流程時，其中一個女生前來跟天馬報告外頭的狀況。

「Pega哥，外面已經有人在排隊囉～」

「啊。謝謝。」

當我想著排隊是怎麼回事……朝著展場的窗外看了一眼，結果只看到一整排女生的腳。我愣了一下就趕緊拉回視線。

……這麼說來，這裡是半地下室。嚇死我了。

「啊哈哈。夏目，這個反應真是不錯耶。」

「有、有沒有被人看到啊？要是被說性騷擾……」

「別擔心啦。你又沒有惡意，而且她們也沒有發現啊。」

榎本同學緊瞪著我的視線猶如芒刺在背……不，我們本來就在吵架，所以不要連這種事都要

責難我好嗎？

不過雖說是星期六，我還真沒想到這麼早就會排那麼多人。這是拜天馬的知名度所賜……抑或是飾品的回頭客呢？

「呵呵。天馬很厲害吧。」

「咦？也有早苗小姐的粉絲吧？」

「在外頭排隊的幾乎都是天馬的粉絲喔。我雖然勉強算是藝人，但是我們的團體幾乎還沒出名就解散了。你看，Twitter之類的平台追蹤人數也很少吧？」

她拿起手機給我看了帳號。

確實以前偶像這個名號來說好像有點冷清……其實我也不知道標準在哪裡，既然她都這麼說了，我也只能相信。

「以創作者來說我也還是個新手，無法期待有太多回頭客呢。所以說真的，以個展來說也只是在蹭天馬的熱度而已。」

「蹭熱度……」

呃，這個說法也太……

一邊喝著咖啡，我向她提出自己的疑惑。

「這麼說來，早苗小姐是怎麼認識紅葉學姊的呢？」

「喔喔。我們那個舞蹈團體的人氣本來就不高。我雖然是團體當中年紀最小的，但以偶像來說並不年輕，然而舞蹈實力又沒有到達堪稱精湛的程度。冷靜下來仔細想想，我們團體會在小眾的程度止步也不意外吧……」

「哦。原來也有這樣的團體啊。」

「會上電視的偶像真的只是冰山一角……只有一小部分天選之人才能辦到。不如說像我們這樣僅在小眾止步，然後就此消失在演藝圈的人才是多數。」

一邊說著這種現實的話題，早苗小姐一邊露出苦笑。

「雖然我的人氣沒有特別高，不過就只有商品銷售的成績不錯。團體解散時，紅葉小姐就是看上這一點才會找上我。何況我本來就很喜歡天然石，而且也沒有其他事想做……」

「商品銷售成績？」

「就是在演唱會結束之後，進行周邊商品販售的業績。我們團體是採取每個團員直接賣給粉絲，將周邊親手交給對方的方式。」

「啊，原來如此。也有這種形式啊。」

我只有在漫畫等架空作品當中，看過這一類偶像的職業內幕。但因為不太了解，所以有點難以想像就是了。

也就是說，早苗小姐就偶像來說知名度並不算高吧。而且根據她本人的說法，以創作者來說，前來參加個展感覺也像是要沾一點天馬的人氣。

（……早苗小姐也是跟我一樣，為了得到「某些東西」而來參加個展的嗎？）

一想到這裡，總覺得讓我鼓起了一些勇氣。

我拍了拍臉頰，給自己一點鼓舞。畢竟賭上了我跟日葵的關係，我也不只是要來體驗個展的「樂趣」，必須認清一些事實才行。

剛好十點整——個展開始了。

個展一開始，馬上就有客人進來。

主要客群感覺是從大學生到社會人士的大姊姊。然後有幾組高中生……也有一組國中生的客人。她們似乎非常開心地來向天馬打招呼。

「小天～好久不見～！」

「Pega，我來嘍～！」

然而不同於她們展現的熱情，行為舉止都很冷靜。沒有人立刻衝到天馬身邊，感覺很熟稔地按照順序由櫃檯人員接待。大家都很清楚前來參加的潛規則。從這點看來，就能知道一早來排隊的那些女性都是個展的回頭客。

天馬也以很開心的模樣迎接經過櫃檯的接待進來的客人們。

「祥子小姐，妳好。咦？是不是有換了髮色呢？」

「啊，對呀～我找到一間感覺不錯的美髮沙龍～聽人家推薦，就改到那間去試試看了～」

「這麼說來，妳之前有說過要搬家嘛。這個髮色很適合妳喔。」

「謝謝～！」

天啊，太強了……

一瞬間就變成天馬世界的感覺。不過這也不意外。有鑑於剛才的說明，這並非兩人的個展，而是天馬的個展。為了控制場面不造成混亂，一開始排隊的那些人好像是遵守幾個人一組，依序入場的機制。

其他客人也都和樂融融地跟天馬聊天。面對她們所有人，天馬也很親切地加以應對。

我覺得最厲害的地方，是天馬完全記得每個人的長相，甚至是以往對話提過的事情。這樣的互動實在太過自然，甚至到了讓我不禁懷疑「他們昨天也有見面吧？」的地步。

打工的服務生將飲料發給每一個人。

這時我才察覺。終於能夠理解先前說的「低消一杯飲料」、「早上二十分鐘一輪」……這些以一般個展來說有點奇怪的規矩。

這些客人並不是來買飾品的。頂多只是來跟天馬見面而已。飾品恐怕是類似為了達成這個目的的通行證吧。

飾品只是其次的這個事實……如果是放暑假之前的我見到這一點，恐怕會感覺心裡很不是滋味。但是現在已經能夠坦然面對。

（……這也是紅葉學姊說過的，身為專業人士的武器吧。）

在飾品品質以外的部分分出高下。

像是知名人士發行小說、演藝人士參選從政之類。眼前就是類似這一類的狀況。以規矩來說並沒有問題。

自從暑假那件事之後，紅葉學姊向我們提議的就是天馬這樣的形式。

讓日葵加入演藝經紀公司，並且捧紅她。再透過她的宣傳力道販售我的飾品。紅葉學姊就是為了讓我見識這樣的手段會帶來多大的成效，才會誘導我參加這場個展吧。

（可惡。掛在眼前的紅蘿蔔看起來超好吃的……）

不，我不能受到誘惑。

在察覺紅葉學姊的目的之後，我要做的並非去選擇是否接受她的提議。而是反過來利用紅葉學姊的誘導，讓我自己也能吸收學習到一些事。我是為此才參加這場個展的。

……不過真的是天馬一枝獨秀耶。

客人進場之後，首先享受與天馬聊天的過程。接著聽他介紹新的骷髏戒指。一個人不只一個，而是買了好幾個。然後開開心心地離開展場。

在「早上二十分鐘一輪」這項規定下，客人頂多只能做到這些事。完全沒有多餘的時間把目光放在我們的商品上。雖然在天馬與其他客人聊天的時候，會有些人稍微過來看一下，但是也僅止於此。完全沒有可以介紹飾品的空檔。

（該不會一整天下來都是這種感覺吧……）

如此一來會變成怎麼樣呢？就算要我在這種狀態得到一些收穫也很傷腦筋，應該說感覺真的會在無所適從的狀況下結束……

我還得賣完二十個飾品……喂，榎本同學。不要用一副好像已經獲勝的笑臉看我。

「小悠。你記得我們約好的事吧？」

「我、我知道啦。不用妳這樣一直提醒。」

還有拜託不要拿著存有立誓錄音檔的手機給我看。內心感到不爽的我看著整個展場。

真的得趕快賣出去才行……

「……嗯嗯？」

服務生拿了一張小紙條給我。上頭寫著對面那桌面帶微笑的早苗小姐給我的訊息。

『我們的工作是從中午才開始。請放心吧。』

我愣愣地朝她看去，在對上眼的時候朝著我輕輕揮手。

……咦？我的心情有這麼容易表現出來嗎？正當我覺得坐立難安時，發現旁邊的榎本同學不知為何一直緊盯著我。

「榎、榎本同學。怎麼了嗎？」

「小悠。你跟早苗感覺很要好耶。好像比跟我在一起的時候還要開心。」

這個女生到底在說些什麼啊？

總覺得那個曇花手鍊也跟她一起緊緊盯著我。這傢伙豈止產生自我意識，根本完全偏向榎本同學那一邊吧。

——現場一直都是這種感覺，就這麼過了兩個小時。

排隊的人潮中斷了。

趁著這個空檔，天馬總算可以喘口氣。接著指示工讀生在門口掛上「休息中」的牌子。

接著一臉愧疚地對我說：

「對不起，我一直都在接待客人。本來是想趁著空檔向大家介紹你的飾品……」

「不，我沒有在意這種事，而且我也必須自己賣完才行……」

「咦？為什麼？」

「啊～有點原因……」

其實我現在賭上跟女友之間的關係，以賣完飾品一決勝負……最好說得出那種事啦！

無論如何，這一切都是我的不成熟所致。

在我的飾品沒辦法吸引客人興趣的那個當下，會這麼覺得也是理所當然。要是把飾品賣不出去的原因歸咎在其他人身上，往後也不可能順利。

這時早苗小姐也替我圓場：

「別擔心啦。夏目感覺滿沉著的啊。」

「與其說沉著，應該說才剛開始就不知道該怎麼做才好……」

不過更令我感到驚訝的，是早苗小姐的飾品也幾乎沒賣出去。

畢竟我是新面孔，沒賣出去也很合理，但是早苗小姐不一樣。從她剛才的態度看來，應該跟天馬一起辦過幾次像這樣的個展才對。既然天馬用一樣的方法累積銷售成績，那些回頭客應該也都知道早苗小姐才對。

這時早苗小姐湊過來看著我的臉。

「夏目？你應該是在想一起參加個展的我為什麼飾品會賣不出去吧？」

「咦！」

我嚇了一跳，連忙思考要怎麼蒙混過去。

但是我馬上就知道這麼做沒有意義，於是坦率地從實招來。不知為何，面對早苗小姐時，就能感受到一股無論說什麼都會被看穿的神祕氛圍……並不是像雲雀哥或咲姊那樣令人恐懼的壓迫感，而是該怎麼說，會讓人自然而然投降的感覺。

「是、是的。我心裡想著早苗小姐參加過幾次個展，為什麼會沒有客人回購呢……這麼失禮的想法真的很抱歉。」

原本還以為會被罵，但早苗小姐只是快活地笑了。

「沒關係啦。我也相當清楚自己的能力尚嫌不足。」

天馬也受到影響跟著發笑。

「夏目的本性很溫柔呢。」

「不，才沒有這種事……」

「你不用這麼客氣。即使是有著相同志向的創作者，也是為了讓自己在生存競爭當中存活下去而必須打敗的對手。也會有很多人甚至樂於見到他人的失敗。能像你這樣替別人著想，可說是天生的特質。」

「…………」

我倒覺得那是在說天馬他們吧……只是說出口好像不太好，於是我把話吞了回去。

不過越是跟天馬他們聊天，就越是驚訝於他們的氣量之大。明明與我屬於同年代，卻能率直地說出這種話，真的很有膽識。換作是我，絕對會害羞到說不出口吧。

這想必不是作為創作者，而是身為一個人累積的經驗差距。前偶像聽起來給人光鮮亮麗的印象，但是這幾天也聽他們說了有過比我更加辛苦的歷練。

……這麼一想，就覺得像這樣臆測他人的事情也太失禮了。

算是為了邀請我參加這場個展的兩人，我也想讓大家知道我自己的能力。然後可以的話，還想讓天馬他們認同我是個「對等的對手」。另外也想順便賣完所有飾品。

為此——

「接下來就沒有『二十分鐘一輪』的規定了。這樣多少就能空出一點向客人推銷的時間。我也得努力讓夏目覺得自己是『對等的對手』才行，對吧？」

「咦……」

早苗小姐若無其事地說出這番鼓勵，不禁讓我愣在原地。

察覺到我的視線，早苗小姐疑惑地偏著頭。接著才回過神來，紅著臉一副慌亂的樣子。

「不、不好意思。難道我的說法搞錯了什麼嗎……？」

「不是，那個……」

搞錯了什麼？

怎麼可能。正好相反。我是聽見簡直跟我的想法一模一樣的發言，才會不禁感到驚訝。

這時外出的兩個工讀生回來了。她們抱著好幾個感覺很時尚的三明治店家的紙袋，以及同樣時尚的飲料。

「我們買午餐回來了～」

「謝謝妳們。那就稍微填個肚子，為下午做好準備吧。」

隨著天馬的話，我們也準備一張新的桌子。一邊打開餐點的包裝，我一邊抱持著疑問。

很快就會知道早苗小姐讓我感覺不太對勁的原因是什麼。

原本還以為又會有天馬的粉絲衝進來，沒想到正如方才所說，下午的來場人數穩定許多。

只有幾位客人在外頭排隊等待休息時間結束，而且也沒有設定時間限制就讓那些人進場。跟早上過來的那些客群相比，年齡層再稍微提高一點。

某位女性客人沉穩地跟天馬開心聊完之後，注意力就轉向飾品上頭。跟天馬聊了一下骷髏戒指，然後買了一個。

她立刻就戴上那只骷髏戒指，並且熟門熟路地跟天馬一起自拍。感覺是相當親近的常客。

這時天馬帶著那位女性來到我這邊。於是我繃緊神經，天馬便笑咪咪地介紹我們認識。

「渚小姐。他就是我之前提到的新朋友。」

「哎呀。初次見面。」

突然被說是「之前提到」，害我的臉也熱了起來。

得說點什麼才行……如此心想的我嘴巴又開又闔，就是完全說不出話來。我害怕美人的雷達依然健在！這樣真的有辦法把飾品全部賣完嗎！

「啊，呃……妳、妳好。」

總算擠出這麼一句話的瞬間，不知為何天馬跟榎本同學同時「噗呼！」笑出聲來！

（咦，怎麼了！我剛才的舉動有那麼可疑嗎？）

在我心臟飛快地跳個不停時，那位女性也愣了一下。接著淺淺地笑了幾聲之後，感覺很溫柔地提及我的飾品。

「這個乾燥花做得真美呢。」

「……！謝謝！」

我抬起頭來大聲道謝。她一邊說聲：「可以摸嗎？」一邊拿起秋水仙的花做成的髮帶。

「我想買這個，可以嗎？」

「當然沒問題！」

我慌慌張張地替她結帳。

這時天馬對我說聲：

「夏目。你有帶名片之類的嗎？」

「啊，對了！」

我連忙將日葵連同飾品一起寄給我的名片遞給她。

真不愧是日葵。是我世界第一可愛的女朋友兼命運共同體（共犯）。完全看透我什麼時候會忘記什麼東西——那是怎樣未免太丟臉了！

「這、這這、這個ＩＧ帳號上也有刊登其他商品……」

「謝謝。那我就收下嘍。」

她接過之後，我也鬆了一口氣。

那個人對天馬說聲：「這個戒指我會發個Twitter喔。」便揮手離開了。展場裡的其他女性客人紛紛說著「哇啊，好美」、「那個人是……」之類的話，目送她的背影離開。

……我好像在哪裡看過那個人。當我慢了好幾拍才思考這種事時，送她離開的天馬回來了。

接著他感覺很有趣地笑道：

「難道夏目沒有認出來嗎？」

「咦？」

他指的是剛才那位女性吧？

不，我也覺得好像在哪裡看過她，但是我認識而且人在東京的女性，就只有紅葉學姊而已。

「……難道剛才那個人是紅葉學姊變裝的嗎！」

「不是、不是！我不是這個意思！」

不知為何又惹得他發笑了。

呃，我沒有說出什麼好笑的發言吧？還是說我的感性受到日葵太深的影響，現在其實是很搞笑的狀況嗎？如果是在「併桌食堂」這個節目裡會變成「給我等一下！」嗎？

正當我在心裡胡思亂想時，一旁的榎本同學以從緊張的情緒當中解放的模樣鬆了一口氣。

「小悠。剛才那個人是女演員米川渚喔。」

「…………」

這句話在我腦中奔馳。對照這個名字跟我的記憶之後，忍不住大聲喊道：

「是演星期一那部電視劇的人嗎！」

「對啊。演女主角的那位。從去年的電影開始，就被稱為現在當紅的演員。」

「這我知道。日葵那傢伙說過她超喜歡的……」

與此同時，我在我腦中重播一次剛才自己的言行。第一次跟超人氣女演員見面，竟然說什麼「妳好」，到底自以為是哪根蔥啊！

我伸手摀住自己的臉「嗚哇啊啊啊啊啊！」陷入很想死的心境時，天馬拍了拍我的肩膀，彷彿是要激勵我。

「不用那麼在意啦。」

「但、但是如果她以為我看不起她怎麼辦……」

「不會啦。她應該只會覺得『沒被認出來啊』而已。」

「不如說那樣也很丟臉……」

原來藝人真的會私下外出啊。而且還這麼乾脆地見到面。話說我以為藝人私下外出時都會戴著口罩或墨鏡之類遮住臉……啊，把我帶來這裡的那個超人氣模特兒也是什麼都沒遮呢。

東京太厲害了。簡直就像藝人的布雷區。說不定這幾天也發生過同樣的事，只是我沒有注意到而已。

天啊，日葵。我世界上最可愛的女朋友。我已經想回去那個和平的老家了……雖然為此我得把飾品全部賣完才行。

「天馬，你好厲害啊。竟然認識那樣的人……」

「之前我去看朋友的舞台劇時，她剛好就坐在我旁邊。在那之後她一直對我很好。」

「是、是喔。真心羨慕你的社交能力……」

換作是我，就算真的認識，應該也不會有什麼往來。畢竟如果想維繫朋友關係，就需要付出

相對的努力及品味才行……

「順帶一提，她跟紅葉小姐是死對頭，所以下次如果還有機會見到面，不要提起她的名字會比較好喔。」

「真不想聽到這種事……！」

以後每當我看到米川渚的電視劇時，都會冒出「這個人討厭紅葉學姊啊……我懂」這種雜念吧……看來我是不想知道自己喜歡的藝人過著何種私生活的類型。

「但是多虧了天馬，總算賣掉一個了……」

「啊哈哈。我沒做什麼了不起的事啦。」

下午馬上就賣掉一個。早上還以為「一整天一個都賣不出去」，看來這是個好兆頭。

榎本同學戳了戳我的側腹。住手，我說過那裡是我的弱點吧！

「小悠。你可是要『自己』賣掉喔。」

「我、我知道啦。我才沒有想過要讓天馬幫我全部賣完。」

她十分強調這件事。這也是理所當然的。要是拜託天馬，就跟我和日葵做的事一樣了。我是來尋找只靠自己的力量能夠得到的東西。

這時早苗小姐也來到我這邊。

「米川小姐今天也好漂亮呢。」

「啊，早苗小姐。妳的客人呢？」

「剛才那些客人都離開了。直到下一批客人過來之前就先待機吧。」

這麼說來，早苗小姐好像沒跟米川渚說上話……

「早苗小姐，妳沒跟米川小姐打招呼沒關係嗎？」

「啊哈哈。因為她把我視為紅葉小姐派的人……」

啊，是因為這樣……

啊，嗯，這才是正常狀況吧。天馬的社交能力真的太厲害了。

「早苗。夏目有賣掉飾品了喔。」

「哇，那真是太好了！」

看見她替我感到高興，我也覺得很窩心。

「早苗小姐，剛才好像也有幾個客人在看妳的飾品吧。」

「啊，是的。多虧了大家，我賣了五個嘍。」

咕啊！

什麼時候的事！正當我因為第一次見面的客人慌亂不已時，竟然已經創下這麼厲害的戰果。

真不愧是早苗小姐，有過參加個展的經驗就是不一樣。

這時下一組客人打開展場的門進來。我們立刻停止聊天，返回各自的位子上。

♣ ♣ ♣

接著下午的時段結束了。

回過神來，時間已經是傍晚五點。本來比較趨緩的來客數，也再次一點一點增加。中午過後年輕的客群變多，現在則是開始有些感覺像是ＯＬ的大姊姊們過來。看樣子好像是輪到下班的人光臨的時段。

但是就算這樣冷靜地分析客群，結果還是不會改變。

我看著從白天到現在幾乎沒有變化的桌面如此心想。

——飾品賣不出去。

雖然並非完全沒有。是有賣了一點。

……沒錯，一點而已。只有兩三個。而且全都是在天馬的介紹下，看在朋友的面子上才買的……雖然我沒有注意到，但是好像又來了幾個藝人。

總之飾品賣不出去。我自己一個人抱頭苦思。

（這樣會被榎本同學瞧不起也是理所當然。再這樣下去……嗯嗯？）

身旁的榎本同學手指飛快地好像在手機上記錄些什麼。她一臉認真的表情，銳利的目光甚至還帶著可怕殺氣，讓我嚇了一跳。

榎本同學該不會因為看不下去，所以在幫我調查一些解決方法嗎？……什麼嘛。榎本同學果然還是很體貼。昨天聽她把我說得那麼沒價值，還以為是真的瞧不起我，但那其實只是刻意扮黑臉的激將法啊……

我朝她的手機畫面瞄了一眼。

「護花使者小悠的奇蹟約會計畫」

啊，是懲罰遊戲之後的約會計畫啊……

榎本同學已經深信自己會取得勝利了。她都已經在認真擬定理想中的約會計畫，甚至無暇搭理我。到底是多麼惡魔的計畫啊……我看看是有什麼內容呢？「小悠考到駕照並載我沿著海岸線兜風之後，在夕陽的映照下第一次接吻ミ」……也太平成了吧！真難想像是令和時代的高中生會挑選的約會行程……

總算注意到我的視線，榎本同學連忙遮起手機畫面。然後臉頰微微泛紅地說道：

「小悠。這樣太害羞了，你不可以看……」

「妳對於害羞的基準也太難以捉摸了……！」

這真的跟前天在床上喵喵喵個不停的是同一個人嗎？跟此時寫下那種很有情調的要求落差太大，害我覺得感覺快要感冒了。

而且以分鐘安排的行程又是怎樣，那是第一次參加校外教學的自由活動時間嗎？是當天完全不能睡過頭的那種……

對於這場勝負的壓力，隨著時間的流逝變得越來越大。

相較之下，天馬順利地銷售自己的飾品。

為了應對傍晚之後開始湧現的客人，他剛才打開了第三個收著庫存的紙箱。總共……雖然我也沒有算得很仔細，說不定已經賣了兩百個左右。

早苗小姐也挺順利的。畢竟個展的宗旨比較偏頗，所以不及天馬也是無可奈何，不過應該也賣了五十個左右。

這個差距究竟是怎麼回事？

我不必焦急。這場個展還有明天一天的時間。然後必須賣掉的飾品還剩下大約十五個。

跟國中時的校慶相比輕鬆多了。只要從今天這個結果當中得到一些經驗就好。然後明天將這些全部賣完……不同於理智的思考，只有莫名靜不下來的感覺不斷在內心深處累積。

（不，像這樣放棄才是最沒用的。為了明天，多少也要……）

我在茶水間一口氣喝完咖啡，接著就回到自己的桌子。這時剛好有個過來我這邊看看的客人拿起一個飾品。

她手裡拿著的是用紅色鼠尾草做成的項鍊。將花灑落在樹脂台座上，呈現熊熊燃起戀慕之情的意象。

「啊，呃，這個飾品是用鼠尾草做的，鼠尾草有著『智慧』跟『親情』等健全的花語，不過這種紅色鼠尾草也有代表戀愛熱情的含意，這種熱情如火的戀愛漸漸成熟的感覺很不錯……」

「啊，是喔。這樣啊～」

對，就是這樣……

然後就此陷入沉默。一副「那又怎樣？」的感覺，表情也漸漸變得冷漠。

即使我想再說點什麼而開口……也只能無力垂首。

客人當然就此失去興趣，然後走到早苗小姐那邊……她們交談了幾句之後，客人很乾脆地買了一條翡翠手鍊。

身旁的榎本同學「欸嘿」堆起燦爛的笑容。

「小悠，畢業旅行我想搭豪華郵輪來一趟海上之旅喔♡」

「可惡！覺得自己贏定了就開始無視預算……！」

這可不是把公司交棒給兒子的退休老闆夫婦享清福之旅。而且我的英文那麼爛，還得多念點書才行……就說不是這樣！我幹嘛在那邊「趁現在先解決幾個問題好了」的感覺啊！

（啊！在我們說這種蠢話的時候，天馬又賣出去了！）

然後我則是再度向客人搭話，但還是賣不出去。

為什麼啊？不會講話也該有個限度吧……

這跟參加個展的經驗有關嗎？我是不是只要多參加幾次，就能漸漸變得像他們這樣順利銷售出去呢？

我不知道……好久沒有這種感覺了。國中那場校慶上，在遇到日葵之前也是這樣的心情。渾身明明因為焦躁感而發熱，背脊卻涼得不得了。整個人無能為力，腦袋也是昏昏沉沉。

只靠一杯咖啡提振起來的動力，終究只有這點程度。

（還以為自己能夠做得更好……）

國中校慶那時也是，我不過是靠日葵幫我賣掉飾品而已。

我完全沒有成長。這也是理所當然吧。從那個時候開始，我們一直都是以命運共同體的身分一起販售飾品至今。

我製作飾品，日葵負責販售。

我只是得到了一個最強的搭檔而已，並沒有學習販售的技巧。只不過是這樣，我為什麼會覺得能做得更好呢？這種傢伙竟然認真想要成為跟天馬他們「對等的對手」。聽了就想吐。

光是日葵沒有在身邊而已，我自己就是這麼不可靠。

甚至覺得至今為止這三年的時光，簡直就像一段空白。我們之間培養起來的，難道只有戀情而已嗎？也就是說我沒有真摯地面對自己的飾品嗎？對我來說，飾品果然只是把日葵留在自己身邊的道具嗎？

眼看我的思緒就要深陷泥沼時——一道男性的身影站在我的桌子前面。

「高個子。就只有你打烊了嗎？」

「咦……」

我抬起頭來。高個子？是在叫我嗎？

眼前是個鬍子大叔。穿的衣服好像也破破的，瞬間甚至讓我懷疑是不是有強盜跑進來。

仔細一看，與其說是髒兮兮的一個人，更加接近狂放的印象。破破的衣服應該也是原本的設計吧。感覺亂糟糟的頭髮也是四處若無其事地抓個造型。伴隨冷氣吹來的風，帶有一股清新的古龍水香氣。

（……不過這個人到底是誰？）

不，冷靜想想，當然是來看個展的客人。雖然也有男性客人前來參觀這場個展，但都是年輕又整潔的感覺。當我覺得他真是引人注目時，他再次對我開口：

「喂。在客人面前發什麼呆啊。」

「啊！對、對不起！」

我連忙拿起一個放在桌上展示的飾品。

「請、請參考看看，像是這款耳環您覺得如何呢？」

「啥啊？你覺得我像是會戴那種花卉耳環的人嗎？」

不然為什麼要站在我的桌子前面啊！

我的商品全都是花卉飾品。應該說除此之外什麼沒有。我當然會想說是不是要送給女朋友的禮物之類的啊。

「喂，下一個。」

「下、下一個？呃，那麼這條項鍊……」

「不對吧！多用眼睛觀察，多看看啊！」

「眼、眼睛？」

好可怕好可怕！

我最怕這種會隨意怒吼的人了。雲雀哥跟咲姊都是屬於默默散發壓迫感的類型，所以還勉強可以溝通……而且用眼睛觀察是什麼意思啊？當我被這個人嚇到不行的時候，在另一頭接待客人的天馬大聲驚呼：

「老師！好久不見！」

「……呦。」

他似乎立刻對我的飾品失去興趣，朝著那邊的桌子走去。我頓時覺得鬆了一口氣，又感到有些可惜……老師？

也就是說那個人正是天馬昨天說過的，在他那邊學習當個創作者的老師啊……總覺得是個跟我想像中完全相反的人。畢竟是天馬的老師，我還以為會是感覺更加沉穩的人。

就在我如此心想之時，天馬便跑去握住那位男性的手，感覺很開心地搖晃起來。臉上也浮現不同於剛才待客時的「客套微笑」，而是跟年紀相符的笑容。

「老師，你今天來了啊！我超開心的！」

「是你叫我來的吧。」

「因為你平常都不會回我LINE啊！」

「有那時間跟你去吃飯，我還不如用來工作。」

……總覺得好像是關係穩定的情侶對話。

當我們在一旁看著時，那名男子戴上手套並伸手拿起骷髏戒指。仔細看了一眼之後，感覺有些嫌棄地說道：

「你還在委託那家廠商啊？」

「呃，是的……」

「我之前應該有跟你說過他們做工粗糙。你沒去找別家廠商嗎？」

天馬瞬間抖了一下。當我想著會不會是我看錯時，他露出跟平常一樣的和善笑容：

「因為這家廠商真的對我很好嘛。啊，他們之前還來看了我參加演出的舞台劇……」

「……………」

天馬的話讓那名男子的表情越發冷淡。最後他低聲……但又明確帶著直搗紅心般的存在感的聲音問道：

「那就是你追求的『理想』嗎？」

「……………」

一直說個不停的天馬不再開口。他好像還想說些什麼，不過還是吞了回去。如果只看這個態度，肯定是與年紀相符的男生表情。平常成熟穩重的氛圍褪去，感覺很懊悔地咬著下唇。

「……不是。」

「這樣啊。你自己明白就好。」

男性嘆了一口氣之後，再次轉身面對我。他朝我這邊走過來時，跟剛才一樣看了一遍擺在桌上的飾品。

「高個子。你做的飾品很漂亮。」

「咦？謝、謝謝——」

謝謝你的賞識。在我要把這句話說完之前，他便用冷淡的聲音打斷我。

「但是，也就只有這樣而已。」

我不禁語塞。

男子的右手拇指隔著肩膀指向另一頭——也就是天馬的方向。

「相對的，『這傢伙只是靠一張臉』。」

「……？」

當我無法理解這句話的含意時，那人以嘲諷的語氣向我說明：

「他是用那張臉去吸引女人，讓她們成為粉絲並買下飾品。就是這樣用附加價值去銷售的類型。飾品的品質則是擺在其次。所以就算團體解散了，他還是會以藝人的身分接下一些像是舞台劇之類的瑣碎工作。」

「老師，也不用把那些說成是瑣碎工作嘛。」

天馬稍微吐槽一下，那名男子就朝他狠狠瞪了一眼。天馬以很不自在的感覺撇開視線。

「高個子的技術想必很不錯吧。一心埋頭提升品質的那種類型。就算要不惜捨棄其他事物，唯有這點絕對不會退讓的那種創作者。不過這種老派風格我滿喜歡的就是了。」

「…………」

這是在稱讚我嗎？

感覺講得很迂迴，讓我不是很懂他的意思——

「但是以現代的創作者來說，那個只靠臉的傢伙還是好多了。」

「咦……」

那名男子沉默地拿了一張桌上的「you」名片。他用手機掃了一下ＱＲ碼，便閱覽起我們的ＩＧ帳號。

看過一輪上頭的飾品照片之後，嘴邊的鬍碴隨著「呵」的一聲輕笑而扭曲。

「這個ＩＧ上的女人是誰？」

「是、是我飾品的模特兒……」

「年紀輕輕就有專屬模特兒啊。你有很好的緣分嘛。今天為什麼沒有跟你一起來？」

「因為老家在九州，今天只有我……」

「那麼旁邊那個女人呢？『看起來』滿不錯的，不是模特兒嗎？」

視線緊盯著榎本同學。

「……呃……」

他毫不客氣地追根究柢問了許多問題。儘管對此感到有些不舒服，既然得知他是天馬的老師，我也不能表現出失禮的態度。

「她是我的摯友。幫忙處理一些飾品的事務工作……」

「哦～明明專屬模特兒沒能過來，處理事務的女人卻來了。然後你就自己悠哉地坐在那邊是吧。」

「請、請問你到底想說什麼！」

我的語氣不禁變得有點衝，但是那名男子也只是「呵」冷笑一聲而已。像是在說「像你這種小鬼凶起來我也一點都不會害怕」的感覺。

「你知道有句話說『神寄宿在細節裡』嗎？」

「我、我知道。意思就是想做出好東西，就要連細節都講究到底吧。」

無論是哪個領域的創作活動都能套用這句話。

以J－POP為例，如果要讓副歌帶起整首歌的最高潮，就要將主歌到導入都調整到位；或者是漫畫，總不能只有背景畫得特別隨便；天馬參與演出的舞台劇也是；聽說就連每一個小道具都要確實顧慮。

細節部分若是處理得太過隨便，就做不出好的成品。這對我們飾品創作者來說也是亦然。

然而那名男人一句話就否定我的想法。

「並不是這樣解釋的。」

他的臉突然朝我逼近。

「既然神寄宿在細節裡，那就代表創作者所講究的東西，『外行人終究看不出來』。」

「唔！」

他邊說邊拿起一個我做的飾品。

「你做的這個，是每一個步驟都精心完成的『永生花』。然而並沒有任何一個顧客光是看到這個就能聯想到其價值、直到作品完成前耗費的辛勞，以及必須花上五六年的時間修行才能有這樣的技術。這在銀飾的加工技術來說也是一樣……我很驚訝你年紀輕輕的，卻不是使用脫蠟技法，而是以鍛造技法為主。」

他每一句話講得段落分明，並緩緩說出結論：

「但是無論寄宿了多麼美麗的神，『要以一個專業人士繼續做下去』，若是沒辦法轉換成金錢就沒有意義。換句話說，這就是垃圾。」

「……！」

這個瞬間，我頓時憤怒地站起身來。

……然而情緒也就此結束。這個人的眼睛直直地注視著我。他這麼說並非瞧不起我。看著那雙澄澈的眼睛，讓我產生了這樣的想法。

「我從坐在那邊的你身上，看不到想把你的神送到客人手中所做的努力。在那個當下，你在開戰前就已經輸給這個只靠臉的傢伙了。」

他以粗魯的動作抓了抓我的頭。

「不要在個展期間露出死魚眼坐在那邊。沒有掙扎到最後一刻的傢伙，怎麼可能得到什麼『經驗』啊，別傻了。」

他用拳頭輕敲了我一下。

不同於他的行動，我感受到一股莫名的溫柔。我愣了一下，結果給出一個僵硬的回應。

「呃，喔……」

無意間，總覺得這個人好像某人。是紅葉學姊嗎？還是雲雀哥？……不對，莫名覺得跟咲姊很像。

「高個子。你叫名字什麼？」

「啊，名片上有……」

「這裡只寫了『you』而已喔。」

「啊，對耶。不好意思。呃……我叫夏目悠宇。」

這時──

那名男子頓時瞪大雙眼。身體重心一個不穩往後踉蹌了幾步，但是他的眼睛確實盯著我。感覺像是在打量……不，正確來說，應該比較接近確認某件事一般盯著我。

「夏目？難道你老家是開便利商店……？」

「咦？啊，對。是這樣沒錯。」

「而且有三個姊姊……？」

「你、你真清楚耶。」

然後像是領悟了什麼，突然跺起腳來。

「那個惡劣的女人！絕對是在陷害我吧！」

「……？……？」

我跟榎本同學完全陷入混亂。那名男子狠狠瞪著我。接著「咳！」清了一下嗓子，並且瞥了我一眼。

「悠……！悠宇……同學。」

「什、什麼事……？」

悠宇同學？

感覺有點虎頭蛇尾地叫出名字之後，我懷著戒心做出回應。那名男子有些尷尬地撇開視線，不知為何像是在懇求般開口：

「跟我見過面這件事……絕對不准跟咲良說……不，拜託你別說喔。」

「啊？」

聽他說出我不久前才想到的三姊的名字，我也嚇了一跳。就在我嚇到說不出話來的時候，那位男性就快步離開展場。

「啊，等等……！」

我連忙追了上去，但是當我走到外頭時已經看不見他的身影。雖然夏天傍晚天色還很亮……不過他應該走進附近大樓的暗巷了吧。

我也只好返回展場。

天馬很愧疚地跟我說聲：「我的老師那麼突然真的很抱歉。」所以我也回了一句：「沒關係。」

回到座位之後，榎本同學也懷疑地問道：

「剛才那個沒禮貌的人，是咲良姊的朋友嗎？」

「沒禮貌……算了，只是我也不知道。雖然看他那個反應想必認識咲姊吧。」

如此一來，在他離開前脫口而出的「惡劣的女人」十之八九是指紅葉學姊吧。我莫名如此確信，並且嘆了一口氣。

先別管這個世界有多小，多虧他給的建議讓我清醒過來。直到剛才還模糊不清的思緒，現在就像是萬里無雲一般清晰。

距離今天這場個展結束為止，還有一個多小時……

我該做的事情，絕非在這邊茫然地看著其他人賣出一個個飾品。

我在榎本同學的面前「啪！」雙手合十。

「抱歉，榎本同學！請妳先幫我應對一下客人！」

「咦，但是……」

「妳不用主動招攬客人。如果有人想買再幫我結帳找錢就好。拜託！算我求妳了！」

「…………」

榎本同學低下了頭。

「那樣……是沒差啦……」

勉強得到她的同意。這樣我就能夠專心了。

我呼出一口氣，並且閉上眼睛。

剛才那名男子給了我什麼樣的建議？為了將我的神送到客人手中的努力……不，不對。是更早之前……無論做得多麼講究，賣不出去就是垃圾……現代的創作者……比起追求飾品品質的我，靠臉吸引客人的天馬身為創作者的等級還比較高……現在的我為了掙扎而該採取的行動……

不行，我想不起來。

難道他只是在耍我嗎？

不，不可能。我敢如此斷定。

因為那個人的說法雖然粗魯，內容卻很真誠。

今天剛過中午時。下午的場次剛開始不久就來到現場的米川渚。她說我的飾品是「漂亮的乾燥花」。

基本上滿多人都不知道的……其實乾燥花跟永生花嚴格來講是不一樣的東西。

無論做法、質感、特徵、花可以維持的年數……全都不一樣。

但是對一般人來說就是「乾燥花」。

不過那個人明確地說出「永生花」。他拿起我的飾品時，也細心地戴上手套。即使是像我這種小鬼做出來的飾品，他依然給予敬意。

而且一般來說是不可能的吧。

他光是看了這個飾品一眼，就連我身為創作者的資歷都精準說對了。不可能只憑著直覺就足以說出「經過五六年的修行」這種話。因此很容易想像他也是累積了足以辦到這種事的經驗。

那個人說過「神寄宿在細節裡」。他每一個細微的態度，都在在體現這句話。這樣的人不可能會隨便信口開河。

（到底是哪句話？為了掙扎到最後必須做的事……啊！）

那個人一開始就說了。

『多用眼睛觀察，多看看啊！』

用眼睛觀察。

他剛才突然對我這樣說，害我感到混亂，不過冷靜思考其實是很簡單的事情。

我聽說過武術中有一句話叫「臨摹練習」。意思是與其用口頭教授，不如觀察對方的一舉手一投足，進而從中偷偷學習。

在這個現場，我該偷偷學習的對象……那當然是成果比我還要亮眼的兩人。關於這點，那個人也若無其事地給了我提示。

天馬的做法並非我能臨陣磨槍就辦得到的。而且難不成是要我突然就對來場的女性客人使出帥哥笑容光束嗎？未免也太過莫名其妙，一個不小心就會被報警抓走（不過換作是雲雀哥應該會有辦法吧）。

如此一來，對象就是——早苗小姐。

仔細想想，早苗小姐的言行跟成果並「不一致」。首先她說這場個展不會有自己的粉絲前來。確實幾乎所有客人都是先跑去跟天馬講話，因此這並非謊言。

然而她還是順利地提升銷售成績。天然石的確很有魅力，但是我不認為市場需求的差異有大到這種程度。

她恐怕跟天馬一樣，武器就在於飾品以外的部分。她有著讓不是自己粉絲的客群當場買下飾品的武器。

我睜開雙眼。

接著緊緊盯著早苗小姐的販售情形。有位女性離開了找天馬講話的隊伍，她便跑去找對方攀談。兩人聊了幾句……一邊給對方看看桌上的天然石項鍊。最後好像說了幾句……啊，買了。

等一下等一下。這個必勝流程實在太過順暢，我找不出學習的關鍵。

再一次。早苗小姐正看著某位客人。她雖然裝作若無其事，但確實一直盯著對方。在這段期間完全沒有任何動作……就只是盯著。

這段前間，有其他一組兩位的客人來到她的桌子前方。早苗小姐也做出應對……咦？她沒有接待對方？早苗小姐完全無視眼前的客人，從剛才開始都一直在觀察同一位女性。

不知為何，她不是對著眼前的客人，而是跑去向人在遠處的女性搭話！

搭話的女性來到桌前，她立刻拿起一個皮革髮夾給客人看。那是早苗小姐自己也有在用的東西。針對商品稍微說明之後，那位女性馬上買下來了。

然後剛才來到桌子前方的二人組在那之後也物色了一陣子……但是什麼都沒有買，又回到天馬那邊去了。

看起來……並不像是因為早苗小姐沒有搭理她們而生氣。剛才買下飾品的人，以及沒買飾品的人究竟差在哪裡呢？

第三次。早苗小姐看向一個剛踏進展場的女性客人。就跟剛才一樣，她的目光完全盯著對方。那位女性客人跑去天馬那邊……咦？

那位女性客人一邊在跟天馬聊天，目光卻忍不住看向早苗小姐的桌子。感覺沒能很專心跟天馬講話。

彷彿盯上她把天馬讓給其他客人的瞬間……早苗小姐跑去向她搭話。這時依然完全無視其他來到自己桌前的客人。

（……難不成她是在「選定對自己的飾品抱持強烈興趣的人」？）

得出這個結論的同時，我覺得自己彷彿被強烈的衝擊打趴在地。

講得難聽一點，就是自己挑選客人的傲慢行徑。但是這卻驚人地合理。

若是想在這個場地、時間、成本都受限的空間穩健提升銷售成績，這個做法確實很有效率。從她看到就上前搭話的拚命程度來看，簡直像在催眠自己「這些都賣不出去！」……有如剛才的我一樣。

但是這種方法真的可行嗎？

如果真的可行，那麼感覺就好像是超能力。

（不，早苗小姐應該辦得到吧。）

我回想起她之前說過還在舞蹈團體時的事。

早苗小姐說自己在團體裡並非特別有人氣的團員。但是唯獨直接親自販售周邊商品的銷售成績特別優異。

一般來說，這是不可能的事。

周邊商品的銷售成績與本人的人氣畫上等號。

即使如此還是能夠提升銷售成績的話……就代表她是從為了其他團員而來的那些客人當中，將「可能成為自己潛在粉絲的顧客」拉攏過來。

（……我真的是個不諳世事又沒禮貌的小鬼啊。）

直到今天這場個展開始之前，我都以為早苗小姐也是為了尋找「某個東西」好讓自己創作者的水準可以更上一層樓才會參加。

然而她並不「為了得到什麼」才參加個展。

早苗小姐「本來就已經具備了」。

她是為了磨練這項武器，才會特地主動投身於不利的狀況(客場)之中。

這就像是毒蛇般的做法。自從進入這個天馬準備的環境開始，就從死角觀察來場的顧客們，只要一看到有破綻的瞬間便露出獠牙。等到毒素蔓延全身之後才發現就已經太遲了。

察覺到這一點，更能看懂早苗小姐的行動模式。

看起來雖然是面帶笑容又很有禮貌地坐在座位上，但是她的雙眼絲毫不間斷地一直在觀察四周。而且只要盯上一個客人，直到向她搭話之前都不會轉移目光……然後又賣出了飾品。

那麼敏銳的洞察力，令我瞠目結舌。

（……我有辦法做到嗎？）

不，不是能不能做到。而是要去做。

如果要在這個狀況下多少提升銷售成績，就只能模仿早苗小姐的做法。我觀察起剛入場的女性客人的動向。她首先去跟天馬打招呼，並且聽他介紹飾品。然後看著桌上為數不多的飾品猶豫地說聲：「要選哪個好呢～」然後結帳。這時剛好有其他客人過來，她便讓開那個地方朝我這邊看來……咦！在跟我對上眼的瞬間，她愣了一下便撇開視線。然後快步走向早苗小姐的桌前。

剛才那個反應是怎麼回事？超受打擊的。我的外表有糟到會讓人看了就想逃嗎？難得天馬介紹了美容院給我……

「小悠、小悠！」

「咦？啊，榎本同學，怎麼了嗎？」

榎本同學以有點受不了的態度說聲：

「你那樣一直瞪著客人，感覺好可疑……」

「…………」

咕啊……！

聽到這番冷靜的指摘，我差點忍不住要咳血。原來剛才那位客人的態度是因為這樣啊。說得也是，突然有個不認識的人一直盯著自己確實滿可怕的……

要是給天馬惹麻煩將是一大問題。於是我用認真的態度請求榎本同學幫忙。

「榎本同學。我現在要澈底觀察客人，要是感覺有點變態的話希望妳可以阻止我。」

「小悠，你知道自己說了很危險的話嗎……？」

榎本同學帶有常識的指責刺得我好痛……

但她沒對我使出鐵爪功讓我強制退場，總之先答應了我的請求。即使我們正在吵架，她果然還是很體貼……

我重振精神，再次觀察起客人。

不能漫無目的地觀察。那樣跟看到人就搭話是一樣的。我認為早苗小姐是抱持某種把握，才會持續觀察客人。

那麼，究竟又是什麼把握呢？

要怎麼做才能找出對自己的飾品抱持強烈興趣的人呢？跟早苗小姐聊天的過程當中，有沒有類似的線索……啊。

早苗小姐說過「長時間都隨身帶著天然石所以可以聽見聲音」之類的話。

不，石頭並非真的會說話。這點我能理解。不過那也不完全是虛幻的妄想。

就連我平常在照顧花的時候，也會覺得他們在對我說話。雖然會被日葵拿來消遣，但是天馬他們能對這種感覺產生共鳴。

把注意力放在花上面吧——

一定有著某些契機才對。不要錯過那些細微的變化。這些都是我傾注心血做成的飾品。沒有任何人比我還更了解他們。

像是這個萬壽菊。

仔細想想，栽培這傢伙花了我不少心思呢。

一般來說萬壽菊都是耐熱又好栽培，然而這傢伙總是很沒精神地萎靡不振。我替它弄了遮陰，也試著換過盆栽。再加上日葵說要去東京之類的事鬧得歇斯底里，我的精神也受到不小打擊時，它真的一副快要不行了似的模樣差點枯萎。

但是最後還是像這樣開出漂亮的花朵。

看看啊，現在變成這麼可愛的飾品嘍。說真的，這傢伙在這次的夏季飾品當中，可說是我最投入情感的一個……啊，不行，感覺好像快哭了。

飾品們紛紛激勵我：「個展還沒結束喔！」、「加油啊！」我知道，我都知道。但是像這樣

看著你們，這個夏天的回憶也在腦中奔馳……嗚嗚，視野都要模糊了！

……咦？

在一個個出聲激勵我的花卉當中，只有一個傢伙縮了起來。感覺好像很緊張的樣子。

矮牽牛花……兼具粉紅酒的可愛與高雅的花。

這麼說來，它是個很怕生的傢伙。無論過了多久都遲遲不肯從土裡發芽，我還差點把它給挖出來。這傢伙現在也是堂堂的……嗯嗯？

它在看什麼？跟我們不同方向……感覺視線投向天馬的桌子那邊。我也隨著它的視線看了過去……啊。

跟一位客人對上眼。

那是個留著齊瀏海的鮑伯短髮，給人沉穩印象的女生。她跟朋友兩個人一起在那邊等著跟天馬聊天。或許只是因為無所事事，剛好朝我這邊看來。

她連忙別開視線。

「…………」

我裝作沒有其他意思，看向別的地方喝起咖啡。在我若無其事地觀察之下，那位客人再次看向那個矮牽牛花。

……花的聲音是吧。

沒想到我平常會對花說話的習慣，會運用在這種情境。不，我並不是腦袋出了什麼問題。只是一瞬間能感受到看向飾品的熱情視線。

就是這個。這想必就是早苗小姐說的「能聽見天然石的聲音」。

我做了一次深呼吸。

心臟狂跳個不停。這是唯一一次，只有現在的機會。

那個女生跟天馬說完話，也買了骷髏戒指。就在她即將跟著朋友一起離開展場時，我下定決心找她搭話：

「那、那個，不介意的話……可以看看我的飾品嗎？」

那個女生的朋友一臉懷疑地皺起眉間。怎麼看都是喜歡打扮，而且也滿時髦的女生。她拉了拉我搭話的那個齊瀏海鮑伯短髮女生的袖子催促道：

「欸。快趕不上門禁嘍。」

看起來像是高中生，大概是家裡管得比較嚴格吧。

即使如此，我還是抱持自信。那個齊瀏海鮑伯短髮女生對朋友說聲：「一下子就好。」看向我的桌面。

不，她的視線直直盯著剛才那個矮牽牛花。說不定本來就很想靠近一點來看。她的眼神充滿熱情，也很率直。

……我覺得真的很適合她。

哎呀，真的超適合的。靠近一看更是這麼認為。矮牽牛花那種惹人憐愛又純潔的配色，跟這個女生散發的氛圍十分相襯。

我總覺得矮牽牛花也一直注視那個女生。明明很怕生，卻只有現在看起來格外耀眼，還散發出不可思議的存在感。

這傢伙說不定就是為了邂逅這個女生，才會特地從老家跨越一千兩百公里長途跋涉來到這裡。不知為何，我打從心底相信這種不可能的蠢事。

「……用來做成這個飾品的矮牽牛花，是我們自己栽培的花，但是非常怕生，遲遲沒有發芽，就算發芽之後生長過程也一直不如我們的預期，根部動不動就會跟其他花纏在一起，最後就連其他花都感到害怕……啊，不好意思。那個，我只是想說花也有各自不同的個性。」

忍不住脫口而出的自言自語，讓她們兩個都有點退縮……不行，要是因為這種蠢事破壞人家的心情就糟糕了。

可惡，第一次見面的女生好可怕，而且後面那個女生更是不耐煩地抖著腳尖，讓我的肚子真心痛了起來。這是什麼壓力測試啊。早知如此，平常就多跟日葵以外的女生說話了。

不，這種事都是馬後炮，現在也沒時間讓我後悔。我該說的話應該沒有那麼多。

快點想、快點想、快點想、快點想。

這個齊瀏海鮑伯短髮的女生想聽到什麼……不對，就說不是這樣！

誰能知道他人的情感啊。我想傳達的只有這個飾品很喜歡「妳」這一點而已。

在漫長的時間裡一直都是孤伶伶的這傢伙，直直注視第一次見面的妳。其他人可能會覺得我在說什麼蠢話，但是我就是懂啊。

這麼多年以來，我都是一心只看著花。經歷過許多次失敗，以及少數幾次成功，在日葵推了我一把的鼓勵之下，成功的次數才一點一滴增加。

對了。這就像看著邂逅日葵的自己一樣。怕生的我，那個時候只對日葵敞開心胸。一想到我的飾品或許也會經歷那樣的邂逅……我的心也激起無論如何都想促成這場相遇的激昂。

動了動乾渴的喉嚨。

只是率直地注視「妳」的眼睛。

「花語是『與你相伴就能放心』。而且——」

順著自己的情感。

我直接將心中的情緒化作言語。

要是這麼說行不通，下次再思考別的說法就是。甚至就算不收錢，我也要把這朵花送到妳的手中。就算繞過多次失敗的遠路，「只要最後贏得勝利，那麼一切都是對的」。

某個輕浮男告訴過我，追逐夢想就是這麼一回事。

「我覺得妳是這世上最適合這個飾品的人。可以的話，能請妳收下嗎？」

於是我的飾品找到了獨一無二的摯友。

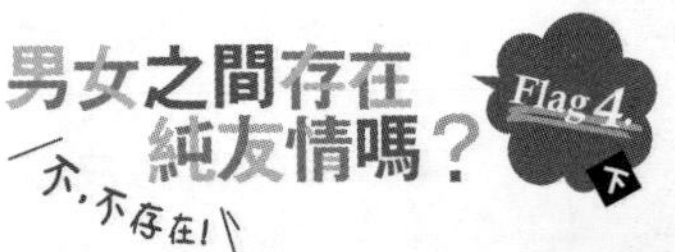

◆◆◆◆◆

Grand Prologue — 友愛的花語

♡ ♡ ♡

直到今天為止，我都真心認為這段初戀不會枯萎。

天馬跟早苗的這場個展。

說真的，小悠的飾品賣不出去的程度簡直令人發笑。

上午時段蜂擁而至的全是天馬的鐵粉。到了下午雖然也有客人對小悠的飾品感興趣，即使如此還是沒人積極地想要購買。

小悠的飾品真的很美。

也難怪在姊姊底下學習的天馬他們會這麼讚不絕口。如果不是小悠，我大概也不敢相信做出這麼漂亮的飾品的人，竟然是個跟我同年的學生。

明明這麼美……但在這個小小的展場中卻是異樣的存在。

◆◆◆◆◆

首先，我覺得客群就有決定性的差異。

就算是客套話，天馬也稱不上是主流的藝人。他既不是能上黃金時段電視節目的人，而且現在還是團體解散的前偶像，因此會持續追蹤的都是相當死忠的鐵粉。

來到這裡的客人們，全都「太過洗鍊」。

純粹跟風的粉絲容易花心。但是換個角度來說，我覺得這樣的人對於其他興趣的雷達相當敏銳。正因為有著對各種事物都抱持興趣的活力，「也比較容易接受異樣的存在」。

然而來到這裡的客人們，講得難聽點就是十分頑固。

天馬跟他做的骷髏戒指。那些粉絲只能接受這種屬性範疇的東西。自從個展開始之後，我一直觀察客人們的行動，於是產生了這種想法。使用鮮花製作惹人憐愛的花卉飾品，對於這裡的客人來說「太過純樸」。

再加上寫在時尚價格牌上的數字……

小悠的飾品售價很高。雖然從他的成本及技術來看算是合理……不，我甚至覺得是佛心價了。但那只不過是因為我了解這些飾品的製作流程才會這麼想。

客群的差異，以及過高的售價。對於那些本來沒有接觸花卉飾品的人來說，會覺得根本是在坑人也是無可奈何的事。

所以我什麼也沒做。

我確實跟小悠打了賭。但是主要原因在於我覺得「不管再怎麼努力都只是白費工夫」。該怎麼說……感覺就像在路邊的電子遊樂場販售世界級的高級蛋糕，一般來說應該賣不出去吧。想從不知道商品價值的人們身上獲取利益，以做生意來說可是最糟糕的手段。

雖然小悠說想累積身為創作者的經驗，但是沒意義的經驗也沒有用吧……不，搞不好還會對小悠造成負面影響。如果說能從這場個展中得到一些東西，我覺得應該只有體認到這點而已。

我明明是這麼想的——

「不要在個展期間露出死魚眼坐在那邊。沒有掙扎到最後一刻的傢伙，怎麼可能得到什麼經驗啊，別傻了。」

突然跑來的一個留著鬍碴的男人。穿著破破的服裝，還擺出高傲的態度。我知道那是他打扮的一環，但是我不喜歡。而且品味也格格不入。

雖說是天馬的老師……但是不知道為什麼，我總覺得好像在哪裡看過這個人。雖然也想過可能又是哪位藝人，但是感覺並非如此。

很久很久以前，當姊姊還是高中生的時候。

這個人好像來過我們家的蛋糕店玩……

「唔！」

我使勁地搖了搖頭。

現在這個人究竟是誰一點也不重要。他就是個突然跑來說些奇怪的話，對小悠找碴的人。是我的敵人。剛才甚至還說小悠的飾品是垃圾。要不是因為在跟小悠吵架，他現在早就被我的三連擊打趴了！

……那個人一臉得意地說些莫名其妙的事，說教完畢之後就走掉了。真的是莫名其妙。又不認識小悠，用那種煞有其事的通俗論調對一個孩子下馬威很開心嗎？

小悠只要「維持現狀」就好。

不裝腔作勢，就這樣繼續做出美麗的飾品就好了。不像小葵，如果換作是我的話，就能一直在身旁守護他。

「欸，小悠？」

感到不安的我叫了他一聲。

但是沒有回應。該不會大受打擊吧？本來就已經因為飾品賣不出去而有些消沉，還被那種奧客說得一文不值，一般來說會生氣也是無可奈何……咦？

小悠並沒有生氣。

豈止如此，他的眼睛還散發燦爛的光輝。

感覺就像在伸手不見五指的黑暗之中，看見了閃爍的光芒似的。就像喀嚓、喀嚓地用打火石敲出火花一樣。

一道小小的火光隨之點燃。從他的表情看來，感覺早就在引頸期盼這個瞬間。

「抱歉，榎本同學！請妳先幫我應對一下客人！」

「咦，但是……」

「妳不用主動招攬客人。如果有人想買再幫我結帳找錢就好。拜託！算我求妳了！」

「…………」

小悠對著我深深低頭。

從他的感覺看來，我不禁心想：「正在跟我吵架這件事，就這麼無所謂嗎？」

「那樣……是沒差啦……」

我敵不過他的氣勢，還是答應了。

於是小悠立刻切換成平常的專注模式。當他在做飾品時，那種無論旁邊的人做什麼都不會察覺的狀態。

「多用眼睛觀察。多看……」

口中唸唸有詞，同時瞪視周遭。

中途對著花卉飾品說聲：「你差點枯萎的時候我超擔心……」還哭了起來的時候，我不禁有種「天啊」的感覺，但是他散發的氛圍很快就變了。

然後就在個展快要結束之前，他向一個齊瀏海鮑伯短髮的女生搭話。

我不知道他為什麼會鎖定那個女生。

在我看來，她也只是天馬的鐵粉而已。頂多只是在跟她一起來的朋友和天馬聊得很開心時，朝著小悠這邊看了幾眼而已……

（咦……？）

這時我才發現。那個女生「難道不是天馬的粉絲」？只是陪朋友一起來……正因為如此才會覺得很新鮮地四處張望？

我的心臟「怦通！」漏了一拍。

小悠的雙眼已經「只注視著某個結果」。

然後飾品賣出去了。

小悠第一次靠自己的力量，將「自己的靈魂」送到別人手中。

那個齊瀏海鮑伯短髮的女生似乎很開心地將包裝飾品的紙袋抱在胸前，離開個展場地。跟她一起來的龐克風格打扮友人驚訝地喊聲：「也太貴了吧！」但是她還是笑著回答：「因為這個很可愛，沒關係啦。」

小悠沉默地目送兩人離開。

大門關上的瞬間，天馬在展場入口掛上「本日個展已經結束」的牌子。距離閉展分明還有一點時間……正當我如此心想時，天馬便舉起雙手跑了過來。

「夏目，恭喜你！」

小悠站起身來，做出大大的勝利姿勢並且仰望天花板大吼：

「哇啊啊啊啊啊太好啦啊啊啊啊啊啊啊啊啊啊啊啊啊！」

兩人緊緊相擁，露出滿臉笑容激動地拍著對方的背。小悠的表情已經看不出來是在笑還是在哭，總之感覺就是參雜了各式各樣的情緒。

「其實我從來沒有一個人賣過飾品……！心裡一直不安地想著平常會不會只是多虧有日葵才能賣得出去……！但是，『那傢伙』真的、真的賣出去了吧……！該不會被退貨吧……！」

「別擔心、別擔心啦！她看起來很中意不是嗎！」

「對吧……！能被一個好人買走，那傢伙真幸福……！我的天啊，真的難以置信耶——！」

他們互相拍打彼此的背，兩人還一起笑著喊道：「好痛好痛！」看起來就像是認識好幾年的摯友一樣，很自然地心意相通。

早苗也在一旁開心地鼓掌。另外兩個打工的女生則是一臉茫然，但還是跟著送上掌聲。

陳列在桌面上的許多飾品的其中一個。

只是賣掉這麼一個，就足以高興到大喊出聲的程度嗎？

我無法理解那種心情。就算是我做的蛋糕賣了出去，應該也不會這麼開心。我真的不知道為什麼會那麼拚命。雖然可以理解，心情還是留在原地。

如果小葵身在這裡，她會怎麼做呢？

如果是小葵，她會跟他一起開懷大笑嗎？

為什麼人在這裡的不是小葵，而是我呢？

——我的初戀，在心裡悄悄軋然作響。

♡ ♡ ♡

小悠自己賣出飾品的隔天。

東京旅行的第七天。也是最後一天自由活動的時間。

明天中午我們就要搭飛機回老家了。一起吃過早餐的小悠一邊收拾東西，一邊以很內疚的模樣向我問道：

「榎本同學。這樣真的好嗎？」

「嗯。沒關係。」

我面帶笑容如此回答。

「小悠。你得在今天把飾品全部賣完吧？」

「嗯，話是沒錯……」

他給出含糊其辭的回應。

之前還態度強硬地決定要參加，看樣子他還是感到罪惡感，也讓我放心了。如果他真的就這樣滿心雀躍地出門，那麼真心懷疑我到底算什麼。

「回去之後還是可以跟我出去玩嘛。但是之後搞不好就沒有參加天馬他們個展的機會囉。」

「榎本同學，妳覺得沒關係嗎？」

「嗯。小悠販售飾品的感覺漸入佳境，我在旁邊妨礙也不太好。」

「說什麼妨礙……」

雖然話是這麼說，但是他一心一意就是要去啊。何況飾品也都放在展場那邊，就算只是要去拿回來，也會變成就這麼參加吧。

「榎本同學，妳不去嗎？」

「我要去吃這個。」

我拿出手機，給他看了感覺很好吃的鬆餅店。剛烤好的舒芙蕾鬆餅鬆鬆軟軟的樣子，上頭更是毫不手軟地放了滿滿的鮮奶油。

眼看小悠一副口水快要流出來的樣子，我便擠出壞心的笑容。

「我會連同小悠的份一起吃喔。」

「那個，如果外帶……」

「冷了就不好吃啦。你就把這個當成是鍛鍊精神的一環吧。」

「咕唔唔……」

即使如此，他還是不會說要一起去吃鬆餅。

這時小悠的雙眼，已經只看著要如何在今天的個展銷售飾品這件事了。準備完畢之後，我對他說聲：「路上小心。」並揮了揮手。

「今天要全部賣完喔！」

「嗯。我會加油的。」

換作是平常，他頂多只會說句：「我盡量……」現在卻這麼神清氣爽地走出飯店。目送他離開之後，我淺淺地嘆了一口氣。

（……我也該走了。）

我拿放在客房電話旁邊的便條紙，寫了幾點必要事項。將「自己的所有行李都收好」之後，我也離開了飯店。

說要去吃鬆餅是假的。那真的一點也不重要。

而且與其自己一個人吃，我們家蛋糕店的點心還比較美味。雖然這樣就得對小悠說謊，不過算了。彼此彼此。

（……啊。對了。）

我在地鐵售票處突然靈光一閃。

用手機確認交通方式之後，我決定「繞路」。終於在抵達的車站下車出站來到地面。

在都會區的正中心，坐鎮著一座非常大型的森林公園。總覺得只有這裡還停留在大自然的時代……雖然視線餘光就能看見東京的高樓大廈，所以不可能有那種事。

我沿著森林公園的前進路線走。道路果然整理得很乾淨，讓人再次體認到是現代產物。

「呃——從園區地圖來看，應該是在附近……啊！」

找到了。這趟過來的目的就是這座展示館。這裡正是之前跟小悠說過，有展示扶桑花原種的那個地方。

外觀看起來像座小木屋，裡面似乎有展示季節性花卉。現在時間還早，也沒有其他參觀民眾。於是我趕緊進去看看扶桑花的原種……

「……咦？」

沒看到。

這裡沒有我預想中的扶桑花，取而代之的是沒聽過的灌木花卉展示。儘管那也是很漂亮的花，但終究不是我想要的東西。

為什麼？如此心想的我趕緊拿起手機找起那個部落格。但是遲遲找不到，明明已經回溯到很久之前，依然遍尋不著，甚至讓我懷疑那是不是一場夢……就在我突然覺得一陣鼻酸的時候，總算找到那個部落格了。

但是與此同時，我也發現一件事。

這篇部落格的文章……標記著五年前的日期。

我這幾天竟然這麼不對勁，甚至連這種事都沒有發現。一心只想著要引起小悠的注意，只想要一個留住他的契機……只想著若非如此，這個人可能很快就會到一個遙遠的地方去了。

我頓時領悟這樣的預感是對的。

「這樣啊……」

我在空無一人的展示館裡獨自呢喃。

這裡充斥著濃郁的花香。這個展示館大概是做成類似溫室的構造，因此相當悶熱。腦袋昏昏沉沉的，身體好像也快要融化，自己彷彿變得不是自己一般，有被煮熟的感覺。

……就跟那天很像呢。

小學時去的那座植物園。姊姊不知道自己跑到哪裡去，只拋下我一個人留在原地，因此深深陷入好像誰都不需要自己的不安之中，遲遲無法擺脫。

……感覺很像，但是不一樣。

這裡是東京，我是高中生，姊姊已經離家，展示扶桑花的時間也早已結束……而且小悠不會來迎接我。

「已經太遲了……」

我緊緊握著左手腕的曇花手鍊。

這是小悠做的，也是小悠幫我修理好，讓我與小悠重逢的寶物。

抓著那個釦環，一把將它扯斷。

一切都太遲了。

來到東京的時候——

從姊姊手中幫忙留住小葵的時候——

阻止小悠跟小葵吵架的時候——

在高中跟小悠重逢的時候——

當姊姊送我這條曇花手鍊的時候——

小悠已經「不在我們回憶的那個小小世界裡」。

因為他拋下我，早就朝著未來跑去。

♣ ♣ ♣

時間來到下午六點。

個展比昨天還要早結束。應該說在天馬的飾品賣完的當下，那場個展就沒意義了。

最後他們約我一起吃飯，但是因為榎本同學還在等我，所以加以婉拒。反正有拿到他們的聯絡方式，回家之後立刻加進LINE的好友名單吧。

話說回來，總覺得內心莫名焦躁不安。昨天她還那麼生氣，今天卻格外溫柔。跟我之間的賭注好像也變得無所謂。本來覺得既然心情變好也是好事，但到了現在心跳卻突然變得飛快。

我抱著裝有飾品庫存的小紙箱回到飯店。拿出鑰匙一打開門，迎面而來的就是燈火通明的行政套房。

住在這裡的時光也將於今晚結束啊。感覺轉眼間就過去了，令人不捨。我都還沒好好享受這麼棒的房間，今晚一定要彈彈看那台鋼琴……

「啊。悠悠，歡迎回來～☆」

……嚇死我了。差點就要弄掉手上的紙箱。

桌上擺著感覺很高級的爐烤牛肉跟法式煎魚排。我不禁感到退避三舍，對著正在享受優雅晚餐的紅葉學姊問道：

「那個，妳為什麼會在這裡呢？不用工作嗎？」

「好過分喔～！這是我訂的飯店耶，難道我不能來這裡嗎？」

她跟平常一樣「哼哼！」生氣，巨大的胸部也跟著晃動起來。

不，我不是這個意思，只是太過突然對心臟不太好……啊啊，算了。當我感到莫名疲憊而沒有開口吐槽時，一邊喝著紅酒的紅葉學姊直接一語道破：

「呵呵呵。看你這個樣子，今天應該沒有賣出飾品吧～☆」

「……是啊。」

我老實地承認了。就算想對紅葉學姊隱瞞這件事也沒用。而且以她的立場來說，也可以直接去問天馬他們。

今天一個都沒賣出去。

我專注於飾品上，並且觀察抱持強烈興趣的客人眼神。但是每一次都看走了眼。就算想要回想起昨天那種感覺，也一直很不順利。

像這樣臨陣磨槍，果然不可能馬上全數賣完。但是我發現一個販售飾品的方法了。光是如此就是一大收穫。接下來只要再多嘗試幾次，讓這個技巧更加洗鍊就好。

啊，對了。我還要向榎本同學道歉才行。

難得她願意目送我出去，但是遑論全部賣完，甚至連一個都沒能賣掉。而且我們之間也還有賭注。這下子要怎麼跟日葵解釋才好？實話實說她應該能理解……最好是啦啊啊啊！

正當我如此苦惱之時，才發現榎本同學不在這裡。

桌上的餐點也只有紅葉學姊自己的份。會不會是去便利商店……不，也可能是在沖澡。

「紅葉學姊。榎本同學呢？」

「凜音她啊～已經回家嘍～☆」

咦……？

她突然說出一個太過超乎想像的回答。

我還以為是讓人笑不出來的玩笑話。但是背部莫名打個冷顫，連忙打開臥室的房門。今天早上還放在這裡的榎本同學的登機箱已經不見蹤影。

接著打開衣櫃。榎本同學掛在這裡的衣服也全都消失無蹤。只有我之前利用洗衣服務的衣服整齊掛在那裡。

真的假的……？

這是為什麼啊？榎本同學今天說過她要去吃鬆餅吧？

「紅葉學姊。妳怎麼知道榎本同學回去了……？」

「我過來這邊查看狀況時，桌上就放著這個喔～」

紅葉學姊將便條紙遞給我。

上頭是榎本同學的字，寫著明天飛機的時間，以及要怎麼從最近的車站轉乘之類的細項。榎本同學……這是把我當成第一次出門跑腿的小孩子吧？

不，現在不是吐槽這種蠢事的時候。更重要的是她給我的留言。

『為了不妨礙小悠，我先回家去了。　凜音』

……啥？

不是，妨礙是什麼意思？她今天早上也這麼說，但是我真的沒有頭緒。

「這是怎麼回事？」

「天曉得～從她小時候開始，我就不知道那孩子究竟在想些什麼呀～？」

她在說謊吧。

我總覺得紅葉學姊應該有所察覺，但是她不打算告訴我原因。我就是這麼認為。

「這種事一點也不重要吧～反正悠悠最重視的是飾品，凜音什麼的不要理她就好啦～☆」

「不，問題不在這裡吧……」

「是嗎～？究竟有什麼不同呢～？」

「飾品固然很重要，但是榎本同學也是我很重視的摯友……」

紅葉學姊以靈巧的動作用叉子捲起一片爐烤牛肉，然後再插下去。這個動作不知為何讓我抖了一下。好像有股莫名的壓力。

我說了什麼奇怪的話嗎？正當神祕的焦躁感在我心中奔馳時，紅葉學姊面帶微笑說道：

「你有發現這『只是在重複對日葵做過的事』嗎～？」

「……唔！」

接著用叉子在爐烤牛肉戳出一個又一個的洞。那片牛肉逐漸遭到分解，不成原形。

紅葉學姊依然面帶微笑瞄了我一眼。

「悠悠，你應該知道『摯友這句話，有著怎麼樣的含意才對吧』～？然而你卻利用凜音沒有察覺這一點，一直把她當備胎嘛～？」

「我、我沒有那個意思……！」

下意識否定之後，紅葉學姊手中的叉子指向我的鼻尖。

背後突然打個冷顫，讓我不禁為之沉默。紅葉學姊還是那副笑咪咪的表情，繼續說出彷彿要把我逼進死路的話。

「也是呢～你不會那麼想嘛～因為悠悠做不出那種『壞事』嘛～～」

如此說道的她「呵呵」笑了。

「但是啊～這個世上最麻煩的就是自以為站在正義一方的壞人，也是不爭的事實喔～」

「…………」

她將叉子放在盤子上。

紅葉學姊起身打開廚房的冰箱，拿出一個小小的紙盒。上頭有著時尚的商標，一看就知道是蛋糕之類的甜點。那是我昨天買回來之後，就這麼放進冰箱的人氣甜甜圈。

「你在個展上的事我都聽說嘍～悠悠，你靠自己賣出飾品了吧～？應該有掌握到從你的『小小世界』更上一層樓的契機了吧～？恭喜你喔～☆」

一打開紙盒，就能看見散發耀眼光輝的鮮奶油甜甜圈。她將甜甜圈放在小盤子上，附上一支叉子遞了過來。

就像在說「這是我恭喜你跨越試煉的獎勵喔～☆」。

「相對的，『凜音則是發現了』喔～」

我的心跳狠狠漏了一拍。

紅葉學姊啟動咖啡機準備飲料。研磨咖啡豆的香氣飄散出來，並且發出過濾咖啡流到杯子裡的聲音。

接著她拿起兩個杯子，將其中一個擺在我眼前的桌上。

「接下來就是第二回合了呢～」

紅葉學姊的肩膀靠了過來。

讓我覺得帶有惡意的溫度一併傳來。紅葉學姊的雙眼有如魔女一樣帶著妖豔的光芒，目光更是鎖定在我身上。

「『如果對悠悠來說最重要的事情』，可以貫徹到底就好了呢～」

「…………」

擺在桌上的那盆鮮紅色石蠟紅。

花語是「真正的友情」──又或是「有你在的幸福」。

我總算發現了。

對紅葉學姊來說，無論我在這場個展當中成功還是失敗都無所謂。重點在於「齒輪會因為這樣產生偏差」。

……這個人所說的「破壞我的夢想」這句話的真正含意，如此一來才總算在我的內心有了模糊的輪廓。

♡ ♡ ♡

搞砸了。每一班飛機都客滿……

暑假尾聲的機場到處都是人，我一直到晚上七點過後才好不容易買到回老家的機票。

打從上午我就自己一個人在機場乾等。不到一小時便買好要給媽媽的伴手禮，屋頂展望台之類的景點也很快就膩了。因為一直在大廳坐著，害得我的腰好痛……

上飛機的時間是晚上八點多。

狹小的飛機離開地面，將我帶離都會區。

氣壓的變化讓我不禁耳鳴，但我還是下意識地望著窗外。從小小的窗戶看出去的都會夜景，簡直就跟散落的繁星一樣美麗。

我要一直將這幅景色記在心底。

這是新的回憶。也是我新的決心。

——我知道摯友這個詞的意義了。

那彷彿象徵強烈的羈絆，然而本質完全不一樣。如果鵝掌草這種代表摯友的花還有另一個花語，那麼想必就是這樣。

「一直都是你的『第二順位』」。

無論經過多麼漫長的時間。

無論彼此的羈絆有多強烈。

終究還是朋友。

在面對最重要的夢想、面對最喜歡的女生時，就是會虛幻地凋零……不對。不如說是悄悄退讓才算是美德的立場。

因為鵝掌草就是一種開在任誰都不會看見的森林角落的花。

小葵之前知道這件事嗎？

所以她才會那麼強硬地搶走小悠嗎？

我是不是因為不知道，才會一直待在展示櫃外面眺望呢？

「……有夠蠢。」

我用額頭抵住窗戶，低聲地自言自語。旁邊那個感覺像是剛結束旅行的大姊姊露出有點困惑的表情……但是我裝作沒看到，並且戴上眼罩。

（我真是個笨蛋。怎麼可能凡事都能順著自己的意思發展……）

但是我無法成為像小葵那樣的人。

我沒辦法像小葵一樣，說出比起夢想更希望他能注視自己。

即使如此，既然無法對小悠的夢想投注熱情，那也只能放棄跟他在一起。

揮一揮拿掉曇花手鍊之後變得輕盈的左手，說聲再見吧。

該跟我小學時的那段回憶道別了。

欸，小悠。

最後這趟東京旅行，你玩得開心吧？

留下很多只屬於我們的回憶吧？

這是我第一次跟男生一起出外旅行。

第一次一起拍照，還有第一次去看職業摔角。

既是第一次睡在同一張床上，也是第一次跟男生吵架喔。

只要有著雙手滿滿的回憶，未來就能獨自走下去。

要是再有更多，會沉重到害我跌倒，所以不需要了。

我們應該已經無法再次共度相同的時光。
儘管我對小悠來說並非無可取代的存在。
「——不過，我們是摯友對吧？」

後記

無論感情多好的情侶，外出旅行一星期左右也絕對會吵架回來吧。這次就是這樣的故事。

非常感謝各位也購買了本集。我是七菜。

好不容易才走到跟日葵交往這一步，沒想到凜音已經進展到夫婦吵架的階段了？？？接下來要怎麼發展下去？？？……故事來到比第一集時預想的更加後面的環節，煩惱過度差不多快要粉碎的七菜不禁這麼想。

這部《男女友情》之中，打從一開始就只有一個人像個異類混了進來。

想必大家都已經察覺到了，那就是只有凜音一個人完美過頭。但是這個世上想必沒有任何人是完美的，如果有的話，我想那大概是化作人形的某種東西。

第一次像個人的她帶來的這段故事，究竟會讓悠宇他們如何發展下去呢？

第二回合是秋天的校慶篇。

漂泊到最後，凜音的初戀會流落至什麼地方呢？觸碰到過夜約會帶來的背叛這個日葵的傷疤時，女人之間的禁忌故事即將揭開序幕！

Flag 5.「比起男生，乾脆兩個女生在一起比較好吧？」——責編究竟能不能成功阻止失控的七菜呢？敬請期待！

以下是宣傳。

這部《男女友情》的有聲漫畫，應該正在電擊文庫的YouTube頻道公開中。Kamelie老師的漫畫配上聲音嘍！大家要記得去看！

以下是謝辭。

負責插畫的Parum老師、責任編輯K大人，以及提攜本書製作及販售的各位，這集也非常感謝大家的參與，下一集也請多多指教了。

就是這樣，希望有機會能再與各位相見。

２０２２年２月　七菜なな

悠宇在東京累積了身為創作者的經驗。
凜音的改變。與天馬等人的全新羈絆。
短暫沉浸於旅途的餘韻之後，邁入下學期
——無情的贖罪時間逼近悠宇。

「悠宇～？你能跟我說明一下這張
感覺很幸福的晨吻照嗎～？（笑）」
「為什麼日葵會有這個！」

才想說總算回歸日常生活，
被打入地獄深淵的悠宇懊悔不已。
這時對他伸出援手的人是——？

「啊哈哈。這點程度的小場面，
就由我來幫你華麗地解決吧。」
「這傢伙絕對樂在其中吧……！」

如此笑道的他究竟是天使，還是惡魔……

孤獨一人（？）的校慶篇——登場!!

男女之間存在純友情嗎？

不，不存在！

Flag 5.

七菜なな

插畫／Parum

發售——！

──沒事的。日葵並沒有發現我跟
榎本同學同房。沒發現沒發現沒發現沒發現……
下集預告
預計近期

國家圖書館出版品預行編目資料

男女之間存在純友情嗎?(不,不存在!). Flag 4, 不過,我們是摯友對吧?/七菜なな作 ; 黛西譯. -- 初版. -- 臺北市 : 臺灣角川股份有限公司, 2023.04
冊 ; 公分. -- (Kadokawa fantastic novels)
譯自 : 男女の友情は成立する？（いや、しないっ!!）. Flag 4, でも、わたしたち親友だよね?. 下
ISBN 978-626-352-441-5(下冊 : 平裝)

861.57 112001583

Kadokawa
Fantastic
Novels

男女之間存在純友情嗎？（不，不存在！）

Flag 4. 不過，我們是摯友對吧？（下）

（原著名：男女の友情は成立する？（いや、しないっ!!）Flag 4. でも、わたしたち親友だよね？〈下〉）

2023年4月19日　初版第1刷發行

作　者：七菜なな
插　畫：Parum
譯　者：黛西

發行人：岩崎剛人
總編輯：蔡佩芬
副主編：林秀儒
美術設計：宋芳茹
印　務：李明修（主任）、張加恩（主任）、張凱棋

發行所：台灣角川股份有限公司
地　址：104台北市中山區松江路223號3樓
電　話：（02）2515-3000
傳　真：（02）2515-0033
網　址：www.kadokawa.com.tw
劃撥帳戶：台灣角川股份有限公司
劃撥帳號：19487412
法律顧問：有澤法律事務所
製　版：巨茂科技印刷有限公司
ＩＳＢＮ：978-626-352-441-5

※版權所有，未經許可，不許轉載。
※本書如有破損、裝訂錯誤，請持購買憑證回原購買處或連同憑證寄回出版社更換。

DANJO NO YUJO HA SEIRITSUSURU?(IYA、SHINAI!!) Flag 4.
DEMO, WATASHITACHISHINYUDAYONE？〈GE〉
©Nana Nanana 2022
Edited by 電撃文庫
First published in Japan in 2022 by KADOKAWA CORPORATION, Tokyo.
Complex Chinese translation rights arranged with KADOKAWA CORPORATION, Tokyo.